BARBARITIES
Tsuta Suzuki

II

ATTENTION !
Cette bande dessinée est publiée
dans son sens de lecture original japonais,
les bulles se lisant de droite à gauche.
Vous êtes donc ici à la FIN !

BARBARITIES vol.2

Originally published in Japan in 2017 by Libre Publishing Co., Ltd.
French translation rights arranged with Libre Inc. through TOHAN CORPORATION, Tokyo.

Imprimé en France par Imprimerie Dupliprint

Dépôt légal à parution
ISBN 978-2-37506-311-8

Directeur de collection : Yves Huchez

Traduction : Isabelle Eloy
Correction : Fox, Tadpole & Bunny

Conception graphique : Jef.Mod
Adaptation graphique et lettrage : Jef.Mod

CE N'EST NI TROP TRISTE NI TROP JOYEUX.
QUELQUE CHOSE QU'ON APPELLE « VOIX BULGARES ».
C'EST ÇA !
TREMBLE
J'AI ENFIN TROUVÉ UN GENRE QUI ME CONVIENT.
AAAAAAA-RUKAAAAA MOOOO MAAA
SI J'AVAIS SU PLUS TÔT...
LES CHANSONS SE RESSEMBLENT TOUTES ET POURTANT, ÇA NE M'ENNUIE PAS.
De nos jours, c'est plus facile de trouver des musiques, avec internet.
J'AI FAIT ÉCOUTER À DES AMIES QUI M'ONT DIT QUE ÇA RESSEMBLAIT À DES MUSIQUES RELIGIEUSES.
Moi, j'aime bien.
Merci.
J'ESPÈRE QUE LE TOME 3 SERA LE DERNIER !
J'AIMERAIS BIEN VOYAGER EN BULGARIE, UN JOUR.
Remerciements :
Maki, Saba, Jazô, Ame, Shiranamikamoha.
Merci pour tout !
Je n'ai plus d'idées.

END

Il y avait une véranda à l'étage.
Je suis dans un rêve.
Processus créatif.
C'est magnifique.
C'EST LÀ QUE J'AI TROUVÉ L'INSPIRATION.
J'en crois pas mes yeux !
Oh...
Oh...
Ouah ! C'est super haut !
Si on fermait le rideau, ça ferait une super cachette !
J'ÉCOUTE TOUJOURS DE LA MUSIQUE QUAND JE TRAVAILLE,
MAIS JE M'EN LASSE ASSEZ FACILEMENT.
FSSSH
La grande salle avec les portraits de femmes qui roulent des yeux était assez étrange.
Drôle de délire.
J'étais un peu perdue.
ENFIN BREF, DES MUSIQUES DE FILM.
iTunes, parfait.
J'AIME BIEN LES MUSIQUES ASSEZ DYNAMIQUES QU'ILS UTILISENT DANS LES ANIMÉS.
N'a toujours pas la réponse
Comment ça s'appelle ?
J'AI DE NOUVEAU DU MAL À TROUVER UN MORCEAU QUI M'INSPIRE.
Réfléchis.
Quel genre de musique je pourrais écouter ?
Hop

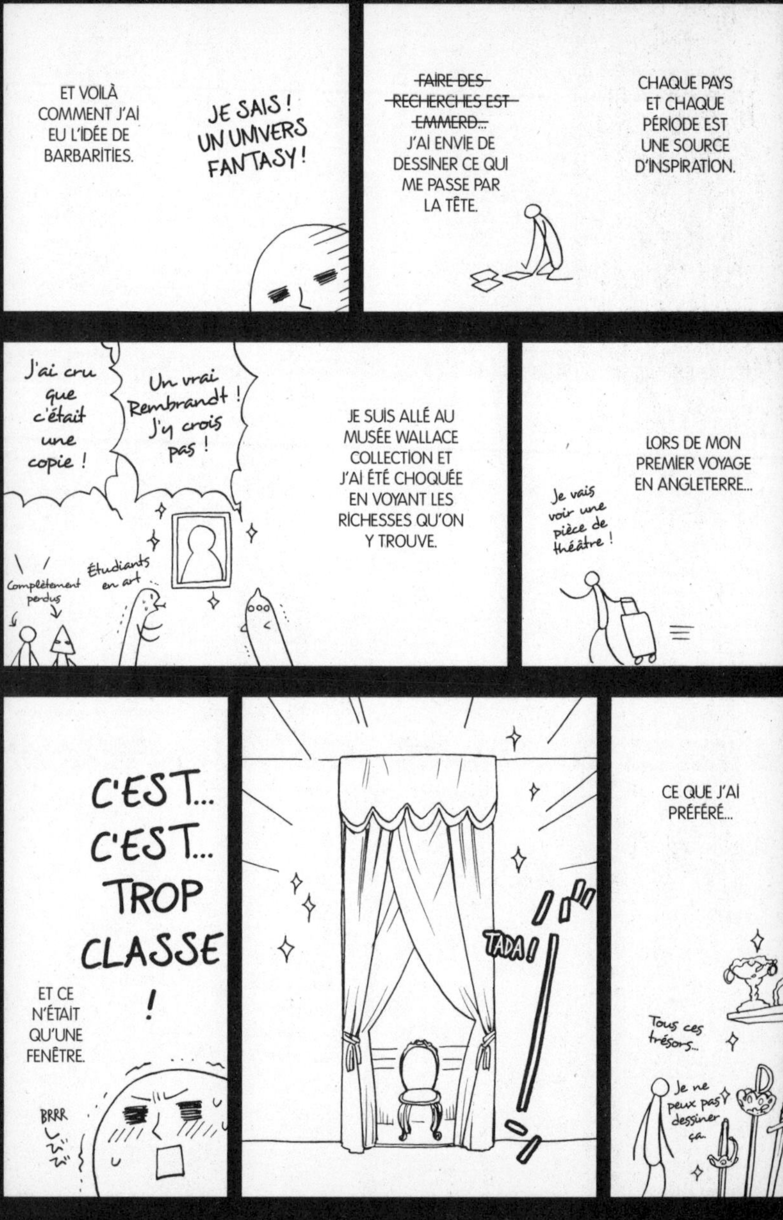

CHAQUE PAYS ET CHAQUE PÉRIODE EST UNE SOURCE D'INSPIRATION.
~~FAIRE DES RECHERCHES EST EMMERD...~~ J'AI ENVIE DE DESSINER CE QUI ME PASSE PAR LA TÊTE.
JE SAIS ! UN UNIVERS FANTASY !
ET VOILÀ COMMENT J'AI EU L'IDÉE DE BARBARITIES.
LORS DE MON PREMIER VOYAGE EN ANGLETERRE...
Je vais voir une pièce de théâtre !
JE SUIS ALLÉ AU MUSÉE WALLACE COLLECTION ET J'AI ÉTÉ CHOQUÉE EN VOYANT LES RICHESSES QU'ON Y TROUVE.
Un vrai Rembrandt ! J'y crois pas !
J'ai cru que c'était une copie !
Étudiants en art
Complètement perdus
CE QUE J'AI PRÉFÉRÉ...
Tous ces trésors...
Je ne peux pas dessiner ça.
TADA !
C'EST... C'EST... TROP CLASSE !
ET CE N'ÉTAIT QU'UNE FENÊTRE.
BRRR

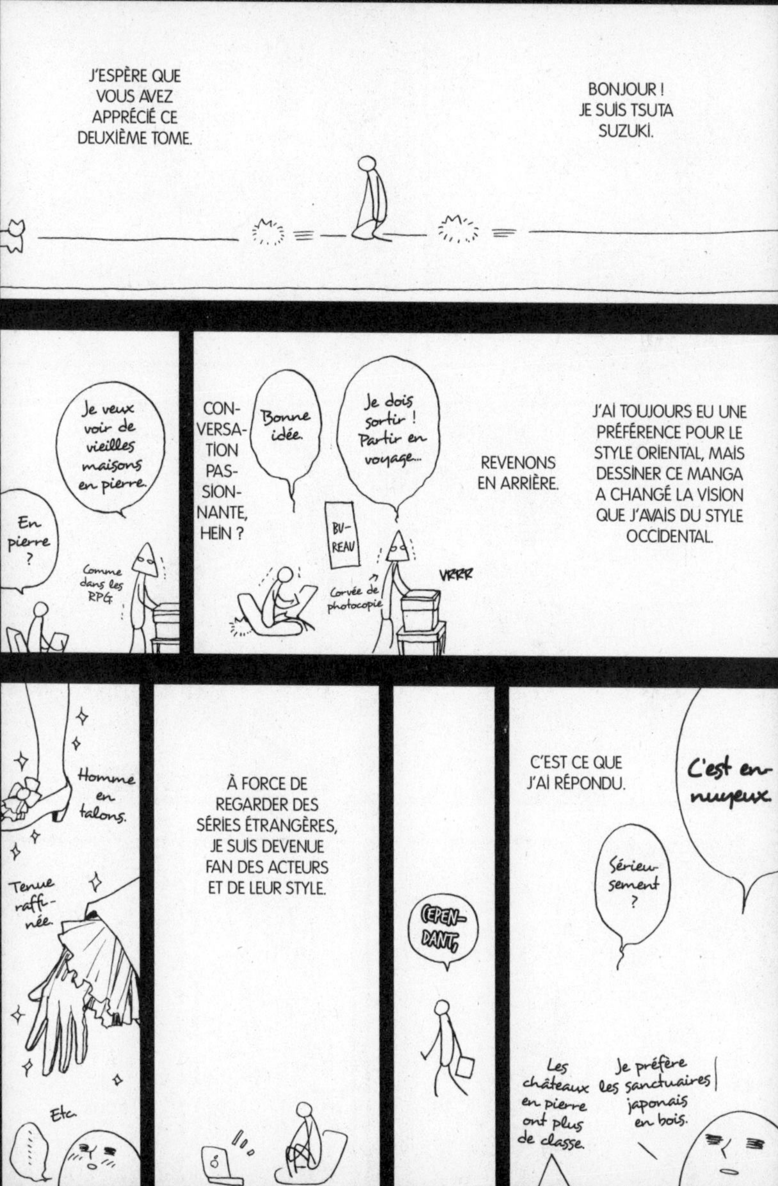
BONJOUR ! JE SUIS TSUTA SUZUKI.
J'ESPÈRE QUE VOUS AVEZ APPRÉCIÉ CE DEUXIÈME TOME.
J'AI TOUJOURS EU UNE PRÉFÉRENCE POUR LE STYLE ORIENTAL, MAIS DESSINER CE MANGA A CHANGÉ LA VISION QUE J'AVAIS DU STYLE OCCIDENTAL.
REVENONS EN ARRIÈRE.
Je dois sortir ! Partir en voyage...
BUREAU
Corvée de photocopie
VRRR
Bonne idée.
CONVERSATION PASSIONNANTE, HEIN ?
Je veux voir de vieilles maisons en pierre.
En pierre ?
Comme dans les RPG.
C'est ennuyeux.
C'EST CE QUE J'AI RÉPONDU.
Sérieusement ?
Je préfère les sanctuaires japonais en bois.
Les châteaux en pierre ont plus de classe.
CEPENDANT,
À FORCE DE REGARDER DES SÉRIES ÉTRANGÈRES, JE SUIS DEVENUE FAN DES ACTEURS ET DE LEUR STYLE.
Homme en talons.
Tenue raffinée.
Etc.

JE VOUS PROMETS DE NE RIEN TENTER !
JE VOULAIS JUSTE VOUS VOIR DE PLUS PRÈS.
ÇA L'EST BIEN ASSEZ !
Du vent !
VOTRE PEAU EST SI LISSE !
MAIS IL NE VA PAS S'ARRÊTER ?!
JE PENSAIS POURTANT QU'ENLEVER LA BARBE L'AURAIT RAJEUNI.
ON REMARQUE D'AUTANT PLUS SON TEINT PÂLE.
Il est trop mignon.
Vous m'écoutez ?! On doit partir.
JE ME DEMANDE À QUOI IL RESSEMBLAIT QUAND IL ÉTAIT PLUS JEUNE.
じわっ
PLOC
AVANT QUE JE LE RENCONTRE...
ぶちゅっ
SMACK!
?!
VOUS AVIEZ PROMIS DE NE RIEN TENTER !
JE... JE N'AI PAS PU M'EN EMPÊCHER.
VOUS N'AVEZ VRAIMENT AUCUNE PAROLE !

and more / FIN

VOUS L'AVEZ FAIT POUR MOI ?!
ABSOLUMENT PAS !
MON NOUVEAU RASOIR ÉTAIT BEAUCOUP PLUS AIGUISÉ QUE PRÉVU.
JE NE VOULAIS PAS QUE VOUS ME VOYIEZ AINSI.
POURQUOI ? CELA ME REND SI HEUREUX !
JUSTEMENT !
ARF... PEU IMPORTE.
JE PORTERAI MA PERRUQUE, DE TOUTE FAÇON.
MÊME SI JE M'EN PASSERAIS BIEN.
FSH
!
SI SEULEMENT JE POUVAIS VOUS ARRÊTER POUR HARCÈLEMENT...
À CAUSE D'UN CÂLIN ?
JE NE VOULAIS PAS VOUS OPPRESSER.

POURQUOI COUREZ-VOUS...
...
BONJOUR, ADAM.
MNGH...
Barbe rasée.

and more
HMM...
JE NE VOIS PAS JOËL.
キョロ
FSH FSH
ON DOIT BIENTÔT SE RENDRE AU TRIBUNAL.
AH !
!
ビク
?!
だっ
VSH
SEIGNEUR MONTAGU !
VSH
たっ
Ah !
POURQUOI S'ENFUIT-IL ?
JOËL !
ガキャ
ARGH!
OUAH !

VOTRE SERVANT ME CONNAÎT MIEUX QUE JE NE L'AURAIS CRU.
J'IGNORE SI JE DOIS ÊTRE FLATTÉ OU EFFRAYÉ.
TU L'AS ENTENDU ?
JE NE VOULAIS PAS VOUS METTRE MAL À L'AISE !
C'ÉTAIT UNE BONNE IDÉE, POURTANT.
HAAA...
JE SUPPOSE QUE NOUS NE POUVONS PAS FORCER LES CHOSES.
Le pique-nique est prêt !
C'EST ANNULÉ À CAUSE DE LA PLUIE ?!
HORS DE QUESTION ! UTILISONS LE JARDIN D'HIVER !
LE SEIGNEUR MONTAGU N'A POURTANT PAS L'AIR CONTRARIÉ.
C'EST VRAI.
Quelle bonne odeur...
IL SERAIT TEMPS QU'ILS PASSENT À LA VITESSE SUPÉRIEURE.
ILS VONT SI BIEN ENSEMBLE.

ON… ON DIRAIT HAKURYÔ DU ROMAN « LA PÉRÉ-GRINATION DE L'ENFANT-DIEU OPALIN » !
?
LA RESSEMBLANCE EST FRAPPANTE !
POURQUOI DONC PORTEZ-VOUS CETTE TENUE ?
ALLEZ SAVOIR.
CELA NE ME SIED PAS DU TOUT.
SEULEMENT, ON M'A FORTEMENT SUGGÉRÉ QUE VOUS AIMERIEZ.
EST-CE LE CAS ?
…
Haa…
PAUL, C'EST UN ÉCHEC !
Je suis désolé !

NON, C'EST JUSTE QUE
J'AI ENTENDU PARLER DE VOTRE PROMESSE FAITE AU VICOMTE.
NOUS AVIONS PRÉPARÉ UN DÉJEUNER POUR VOUS DEUX DANS LES JARDINS.
BOBOM
PARDON ?!
POURQUOI AVEZ-VOUS FAIT CELA ?
PARDONNEZ-MOI ! JE ME SUIS LAISSÉ EMPORTER !
NE LUI EN VOULEZ PAS, C'ÉTAIT UNE IDÉE DE PAUL.
IL M'A FORCÉ À PORTER CES VÊTEMENTS ET LA PLUIE LES A RUINÉS.
TADA!
?!

C'EST LE MOMENT DE PASSER À L'OFFENSIVE !
AU POINT OÙ VOUS EN ÊTES, VOUS N'AVEZ PLUS RIEN À PERDRE !
C'EST CENSÉ ME REMOTIVER ?
Tu es sûr de toi ?
Je ne suis pas convain-cu
Mais si, mais si !
GRAOUM
TIENS,
PLIC
REGARDEZ, IL PLEUT.
PLOC
PLOC
HEIN ?!
EUH...
DOOOM !
VRR
DU CALME, C'EST JUSTE UNE AVERSE.

TU ME CACHES QUELQUE CHOSE ?
ALLEZ, RACONTE-MOI, QUE JE M'AMUSE AUSSI.
JE...
J'ESSAYAIS SIMPLEMENT DE CHANGER VOTRE STYLE.
MON STYLE ?
LE SEIGNEUR MONTAGU APPRÉCIE LE STYLE D'EXTRÊME-ORIENT,
PAUL !
ALORS JE ME SUIS DIT QUE...
QUI T'A FOURNI CETTE PRÉCIEUSE INFORMATION ?
MON COSTUME D'ANGE NE LUI AVAIT RIEN FAIT ! PENSES-TU QUE CECI VA FONCTIONNER ?
JE L'IGNORE.
Trop près...
LE SEIGNEUR MONTAGU S'AMUSE À TRADUIRE EN SECRET UN ROMAN D'EXTRÊME-ORIENT.
JE ME SUIS DIT QU'IL DEVAIT APPRÉCIER CE STYLE.
CELA VAUT LE COUP D'ESSAYER.
LE SEIGNEUR MONTAGU EST AU MANOIR, AUJOURD'HUI, ALORS...

すんすん
SNIF SNIF
DE L'ENCENS ?
CES CENDRES QU'ILS UTILISENT DANS L'EST POUR PRIER LES DIVINITÉS ?
DE LA FUMÉ, PAS DES CENDRES.
ET MES HUILES FLORALES ?
IL N'Y EN A PLUS.
C'ÉTAIT L'OCCASION DE TESTER.
J'AI L'IMPRESSION D'ÊTRE INTOXIQUÉ.
ENFIN, PEU IMPORTE.
HAA
CELA RISQUE D'ÊTRE COMPLIQUÉ.
J'ESPÈRE QU'IL NE S'EST PAS TROMPÉ.
LE SEIGNEUR MONTAGU ADORE L'ODEUR DE L'ENCENS.
ENSUITE, L'HABIT TRADITIONNEL DE COULEUR...
VIOLETTE.
JE PORTE DU BLEU, D'ORDINAIRE.
CELA VOUS IRA TRÈS BIEN.

S'ADAPTER AUX GOÛTS DE SEIGNEUR MONTAGU, PAR EXEMPLE ?
AH, OUI, EN EFFET, C'EST LA BASE.
NOUS ALLONS TENTER CETTE APPROCHE.
?
PAUL,
CET HABIT A UNE DRÔLE D'ODEUR.
AH !
BOBOM
OH, EH BIEN,
J'AI FAIT BRÛLER UN PEU D'ENCENS.

VOUS ÊTES TRÈS OPTIMISTE, MAIS
HAA
JE NE ME RÉJOUIRAIS PAS SI VITE, À VOTRE PLACE.
POURQUOI ?
L'IMPLACABILITÉ DU SEIGNEUR MONTAGU A MIS MON MAÎTRE À RUDE ÉPREUVE.
À UN POINT TEL QU'IL RENONCERAIT PRESQUE À LE SÉDUIRE.
S'ILS POUVAIENT COUCHER ENSEMBLE UNE BONNE FOIS POUR TOUTES, LE PROBLÈME SERAIT RÉGLÉ.
Cette histoire me fatigue.
JE FERAI COMME SI JE N'AVAIS RIEN ENTENDU.
C'EST MIEUX.
QUE POURRAIT-ON BIEN FAIRE...
POUR QUE LE SEIGNEUR MONTAGU TOMBE AMOUREUX DE MON MAÎTRE ?

OH, VRAIMENT ? ♡
LE XEHANÉEN NE MENTAIT DONC PAS.
J'AI UN NOM, VOUS SAVEZ ?
BIEN ÉVIDEMMENT, MONSIEUR PAUL !
SI TOUT SE PASSE BIEN, VOUS REJOINDREZ BIENTÔT NOTRE ÉQUIPE !
MARTHA...
?
QUE VOULEZ-VOUS DIRE ?
EH BIEN,
SI LE SEIGNEUR MONTAGU ET LE VICOMTE CANNING...
SWISH
DEVIENNENT PROCHE...
HA HA HA
MON MAÎTRE ET MOI FINIRONS PAR HABITER ICI.
CE N'EST PAS TRÈS ORTHODOXE, MAIS
TOUT LE MONDE ICI EST HEUREUX QU'IL Y AIT QUELQU'UN POUR SECOUER NOTRE MAÎTRE.
NOUS PENSIONS QU'IL FINIRAIT SES JOURS EN CÉLIBATAIRE !
Un homme de sa classe, c'est dire !

JE VOUS AI PRÉPARÉ DU GÂTEAU À L'ORANGE.
J'IGNORE SI LES XEHANÉENS CONNAISSENT, MAIS C'EST DÉLICIEUX, VOUS VERREZ.
NOUS TE SERVONS DE COBAYES, AVOUE-LE.
BIEN SÛR ! ET SI C'EST RÉUSSI, J'EN SERVIRAI AU SEIGNEUR MONTAGU.
OH !
C'EST UNE MERVEILLE !
MEILLEUR QUE TOUT CE QUE J'AI GOÛTÉ !
HO HO HO ! FLATTEUR !
SEULEMENT, J'AI ENTENDU DIRE QUE LES XEHANÉENS ÉTAIENT DE FINS MENTEURS AVEC LES FEMMES.
FUH
MONSIEUR FRANK ! UN AVIS IMPARTIAL, JE VOUS PRIE.
JE CONFIRME, C'EST DÉLICIEUX.
Bonjour la confiance...

AH ! PARDON !
JE NE VOULAIS PAS LUI MANQUER DE RESPECT !
C'EST JUSTE QU'IL A L'AIR DE VIVRE DANS UN AUTRE MONDE.
VOUS N'AVEZ PAS TORT.
JE SUIS DEVENU SON SERVANT À ONZE ANS.
IL NE S'EST JAMAIS EMBARRASSÉ DU FAIT QU'IL SOIT ADOPTÉ.
PEUT-ÊTRE QUE SA BONNE SANTÉ ET SON APPARENCE LUI ONT DONNÉ LA CONFIANCE NÉCESSAIRE POUR IGNORER LES JALOUSIES.
IL N'ÉTAIT À AUCUN AUTRE PAREIL.
Je faisais plutôt allusion à son statut.
IL M'A FALLU DU TEMPS POUR L'APPRÉHENDER.
UN PEU DE THÉ ?
MERCI, MARTHA.

AH!
C'EST LE MAJORDOME.
OH!
NOUS NOUS SOMMES TOUT DE SUITE COMPRIS.
JE SUIS TELLEMENT SOULAGÉ.
J'AI EU PEUR QU'ILS NE SE RÉCONCILIENT JAMAIS.
JE NE VOUS LE FAIS PAS DIRE.
Quelle histoire ...
JE PENSAIS AVOIR L'HABITUDE DES ÉMOIS DE MON MAÎTRE, MAIS J'EN AI EU L'ESTOMAC NOUÉ, CETTE FOIS.
VOUS PENSIEZ ÊTRE HABITUÉ À CET EXCENTRIQUE ?

HUM...
FAITES ATTENTION SUR LA ROUTE.
ILS SE PARLENT À NOUVEAU, QUEL SOULAGEMENT !
JE VAIS ALLER LES SALUER !
PFIOU
CET HOMME EST LE MAJORDOME EN CHEF DU SEIGNEUR MONTAGU, MONSIEUR FRANK.
COMME SON EMPLOYEUR, C'EST UN HOMME DÉVOUÉ À SON TRAVAIL.
CETTE ANECDOTE REMONTE UN PEU, MAINTENANT.
MAIS IL Y A QUELQUE TEMPS, NOS MAÎTRES RESPECTIFS ÉTAIENT EN FROID.
ILS NE SE SONT PAS ADRESSÉ LA PAROLE PENDANT UN MOMENT.
NOUS ÉTIONS INQUIETS POUR EUX.
JUSQU'AU JOUR OÙ...

BARBARITIES Bonus
JE M'APPELLE PAUL CAILLETET.
JE SUIS AU SERVICE DU VICOMTE CANNING, LE SUPERBE ARISTOCRATE À LA CHEVELURE SOMPTUEUSE.

RIEN D'AUSSI AMBITIEUX.
JE RÉPANDS SIMPLEMENT UN PEU DE CHAOS POUR ME DÉBARRASSER DE CERTAINES PERSONNES.
COMME CELUI QUI A TENTÉ DE ME CONDAMNER,
MONTAGU !

OH, JE LE SAIS BIEN !
QUAND LE MOMENT SERA VENU, JE COMPTE SUR VOUS POUR ME COUVRIR D'ÉLOGES AUPRÈS DE VOTRE PEUPLE.
...
ACCORDÉ.
EXCELLENT ! EXCELLENT !
JE N'AI VÉCU QUE DANS DES ENDROITS SORDIDES À L'ÉTRANGER.
MAIS LE TANCE DOIT REGORGER DE LIEUX SOMPTUEUX !
ON DOIT ÉVITER UNE GUERRE À TOUT PRIX.
JE DOIS FAIRE CE QU'IL DIT JUSQU'À CE QUE JE TROUVE UNE OUVERTURE.
JUSTE UN DÉTAIL.
COMPTEZ-VOUS DÉCLENCHER UNE RÉBELLION, OUI OU NON ?

TRÈS BIEN, PRINCE SIMON.
VOUS AVEZ GAGNÉ, J'ACCEPTE VOS CONDITIONS,
MAIS SACHEZ QUE JE NE DISPOSE PAS DE RESSOURCES ILLIMITÉES.
TOUT CE CONFORT M'A RAMOLLI !
JE N'AURAIS JAMAIS ÉTÉ PIÉGÉ AINSI AU TANCE !

CE PETIT A TOUT VU.
LES ENFANTS SONT DES ÊTRES PURS, VOUS SAVEZ ?
JE ME DEMANDE CE QU'IL PENSE DE VOUS.
NOUS SOMMES COINCÉS.
IMPOSSIBLE DE TOUS LES FAIRE TAIRE.
Allons, allons. Maintenant, tu es à moi,
mon petit chiot.
MÊME SI JE L'EMMENAIS, CELA NE SUFFIRAIT PAS.
ON NE PEUT PAS FUIR.

AH !
FLAP
HA
...
VLAM
ドサッ
IL TRAVAILLAIT POUR CE MONTAGU, PAS VRAI ?
J'ESPÉRAIS QUE LE TUER ME SOULAGERAIT UN PEU,
MAIS CELA N'A RIEN CHANGÉ !
NETTOYEZ !
OUI !
...
ALORS, QUE COMPTEZ-VOUS FAIRE, PRINCE LOUIS ?

SWOUSH
AH !
AH...
ARGH !
CLANG
HA HA HA
NE T'EN FAIS PAS.
TU MOURRAS RAPIDEMENT.
TU VOIS, JE NE SUIS PAS UN MONSTRE.

N'AI-JE PAS RAISON, VIEILLARD ?
TU SAVAIS QUE LE PRINCE LOUIS M'APPORTAIT DE L'ARGENT, HM ?
PRINCE LOUIS !
VOUS DISIEZ QUE LES HÉRÉTIQUES ÉTAIENT IMPARDON-NABLES !
POURQUOI TRAITER AVEC CE MONSTRE ?
MONSTRE ?
SI SEULEMENT C'ÉTAIT LE CAS.
!
!
ARRÊTEZ !

AMENEZ-LES-MOI.
BIEN.
AVANCE, VIEILLARD !
!
HI !
VLAM
LUI, AINSI QUE SON JEUNE ASSISTANT,
ONT ENTENDU NOTRE CONVERSATION.
IL SEMBLERAIT QU'ILS VOUS AIENT RECONNU ET VOUS AIENT SUIVI ICI.

JE PENSAIS AVOIR TROUVÉ UNE DIVERSION INTÉRESSANTE, MAIS AVEC VOUS IMPLIQUÉ, C'EST UNE AUTRE HISTOIRE.
CE PEUPLE NE SOUHAITANT PAS UNE RÉBELLION. JE NE PEUX PAS VOUS APPROUVER.
JE VOUS OFFRE LA « NOURRITURE POUR CHIEN » QUE JE VOUS AI APPORTÉE
ET JE RETOURNERAI AU TANCE. MARCHÉ CONCLU ?
HA HA !
ALORS QUE TOUT CECI COMMENÇAIT À DEVENIR INTÉRESSANT ?
VOUS AI-JE DIT QUE J'ÉTAIS À COURT DE RESSOURCES ?
DONC VOUS EN VOULEZ PLUS ?
CE SERAIT DANGEREUX POUR NOUS DEUX.
JE N'ACCEPTERAI PAS.
ALLONS, ALLONS. CALMEZ-VOUS.

SI CE QUE VOUS DITES EST VRAI, JE N'AURAI PAS LE CHOIX.
LE SORT D'UN ESCLAVE M'INDIFFÈRE, APRÈS TOUT.
!
HA HA HA !
AUSSI FROID QUE VOTRE RÉPUTATION LE DIT !
NOUS DEVONS GARDER EN LAISSE NOS TOUTOUS.
DU VIN, PRINCE LOUIS ?
NON, MERCI.
IL EST PRÉFÉRABLE DE RESTER DISCRET.

VOUS FAITES SÛREMENT ERREUR,
JE SUIS JUSTE VENU PROFITER DES LIEUX.
HMPF, POURTANT, IL SEMBLERAIT QUE MES TOUTOUS ET VOTRE ESCLAVE SE CONNAISSENT.
QUE SE PASSERAIT-IL SI CELA S'APPRENAIT ?
IL PEUT TRÈS BIEN AVOIR AGI DANS VOTRE DOS.
LE LAISSEREZ-VOUS ASSUMER TOUTE LA RESPONSABILITÉ, PRINCE LOUIS ?
JE SAVAIS QUE C'ÉTAIT UNE MAUVAISE IDÉE.
SI J'ÉTAIS VENU SEUL...
EN EFFET.

À CAUSE DE MON SÉJOUR FORCÉ, J'ÉTAIS À COURT DE RESSOURCES.
J'AI EU DU MAL À ENTRETENIR MA MEUTE.
FSH なで FSH なでなで
PAS VRAI ?
O... OUI.
IL EST NORMAL QUE JE VEUILLE REMERCIER L'ÂME BIENVEILLANTE QUI M'A FAIT UNE FAVEUR,
MAIS JE N'AURAIS JAMAIS CRU QU'ELLE SE PRÉSENTERAIT DEVANT MOI.

...
CELA SUFFIT, GILLES.
JE SUIS HONORÉ QUE VOUS VOUS SOUVENIEZ DE MOI, PRINCE SIMON.
UN HOMME DE VOTRE CLASSE... COMMENT L'OUBLIER ?
PEU IMPORTE VOTRE DÉGUISEMENT, VOUS TRANSPIREZ LA ROYAUTÉ.
JE VOUS PRÉSENTE CES DEUX TOUTOUS AU SANG CHAUD QUI M'ONT ASSISTÉ PENDANT MON SÉJOUR HORS DU PAYS.
J'AI APPRIS QUE QUELQU'UN LES AVAIT NOURRIS EN MON ABSENCE.

JE DEVRAIS VOUS ACCUEILLIR COMME IL SE DOIT.
VOUS ÊTES UN INVITÉ DE MARQUE DE **MON PAYS,** APRÈS TOUT.
IL S'AGIT D'UNE ERREUR, NOUS NOUS SOMMES TROMPÉS DE CHAMBRE.
CET HOMME EST MON SERVANT...
FERMEZ-LA.
JE N'ADRESSE PAS LA PAROLE AUX ESCLAVES.

JE CROYAIS QU'ON DEVAIT RENCONTRER LE CHEF DES HÉRÉTIQUES.
QU'EST-CE QU'IL FABRIQUE ICI ?
JE ME SOUVIENS DE VOTRE VISAGE.
JE VOUS AI APERÇU ALORS QUE VOUS VOUS RENDIEZ AU PALAIS,
PRINCE LOUIS.

REGARDEZ QUI VOILÀ.
DEVRAIS-JE VOUS SOUHAITER LA BIENVENUE ?
EN EFFET, C'EST LA PREMIÈRE FOIS QUE NOUS NOUS RENCONTRONS,
MÊME SI JE VOUS AI DÉJÀ VU À PLUSIEURS OCCASIONS PAR LE PASSÉ.

J'AURAIS PRÉFÉRÉ NE PAS VENIR ICI.
INTÉRESSANT ! JE MARCHERAI DERRIÈRE TOI.
CE N'EST PAS SI DUR D'ÊTRE UN SERVANT.
HÉ HÉ HÉ
JE LE SENS MAL.
PRÉVENEZ LE PROPRIÉTAIRE,
NOUS AVONS RENDEZ-VOUS.
MONSIEUR,
VOUS AVEZ DES VISITEURS.

JE VOUS EMPRUNTE CECI.
PRENEZ MON MANTEAU EN ÉCHANGE.
FLAP
SWOUSH
FSH
QU'EST-CE QUE ÇA SIGNIFIE ?
SIMPLE PRÉCAUTION.
CE SOIR, VOUS N'ÊTES QUE MON SERVANT.
HA HA ! JE VOIS.
IL S'AGIT D'UN JEU DONT LES LORRAINS RAFFOLENT ?
PRENEZ CELA AU SÉRIEUX !
CACHEZ VOTRE VISAGE ET NE PARLEZ PLUS.

ADMIRE CETTE VUE. TU NE VEUX PAS
T'AMUSER UN PEU AVANT DE RENTRER, GILLES ?
IL VOUS RESTE ENCORE DE L'ÉNERGIE APRÈS LA SEMAINE DERNIÈRE ?
J'AI TOUJOURS DE L'APPÉTIT POUR UN DESSERT.
JE SUIS SÛR QUE TU AS ENCORE FAIM, TOI AUSSI.
CE N'EST PAS DRÔLE.
FSH
JE NE PLAISANTE PAS.
!

EST-CE QUE CELA SIGNIFIE QU'EN TANT QUE GARDE DU CORPS, J'AURAI UNE CHAMBRE À CÔTÉ DE LA VÔTRE ?!
AH !
PITIÉ, SAUVEZ-MOI !
SI ON ME FORCE À HABITER ICI, JE DÉMISSIONNERAI ET IRAI VIVRE À LA CAMPAGNE.
ET C'EST MOI QUI N'ASSUME PAS MES RESPONSABILITÉS ?
Ce n'est pas si mal...
de travailler de l'aube au coucher du soleil.
Peut-être que si je demande au roi...

DOMMAGE. COMME VOUS VOUDREZ.
FLAP
EH BIEN, VOUS ÊTES DÉBORDÉ.
ENTRE LES TRAVAUX D'EXTENSION DU TRIBUNAL ET CEUX DE LA CATHÉDRALE,
JE DOIS JONGLER AVEC LES FINANCES.
HAA...
UNE EXTENSION ?
CERTAINS IMPUTENT L'ÉTAT DU PAYS À UN MANQUE DE CONTRÔLE DES ARISTOCRATES.
IL A ÉTÉ DÉCIDÉ QU'ILS DEVRAIENT TOUS VIVRE ICI POUR ÊTRE SURVEILLÉS.
COMME AU TANCE.
EST-CE QUE CELA VOUS CONCERNE AUSSI ?
HAA...
J'EN AI BIEN PEUR.
C'EST LE DERNIER ENDROIT OÙ J'AI ENVIE DE VIVRE.

La crème ?
LISZT VIENT DE ME RENDRE VISITE ÉGALEMENT.
J'ASSISTERAI OLIVER.
CELA VOUS CONVIENT ?
IL EST CELUI QUI VOUS A DROGUÉ, APRÈS TOUT.
C'EST DU PASSÉ.
ET CECI NOUS A PERMIS DE NOUS RÉCONCILIER, ALORS JE LUI EN SUIS RECONNAISSANT.
QUEL ESPRIT TORDU...
CE GARÇON A DU TALENT.
JE VOUDRAIS QU'IL FASSE PARTIE DE VOTRE ESCORTE.
AINSI, JE SERAI LIBÉRÉ
ET À VOTRE ENTIÈRE DISPOSITION.
NON, MERCI.

VOICI OLIVIER, IL VA TRAVAILLER AVEC NOUS. IL A À PEU PRÈS TON ÂGE, ALORS OCCUPE-TOI DE LUI.
BIEN, SEIGNEUR !
FSH
Par ici.
La pièce du fond est pour les gardes du corps.
HAA
VOILÀ ENCORE D'AUTRES HURLUBERLUS.
JE LES ENVIE.
J'AURAIS PU M'OCCUPER DE VOUS, MOI AUSSI,
SI JE N'AVAIS PAS TANT DE TRAVAIL.
ET VOILÀ LA CRÈME DE LA CRÈME.
DOIS-JE COMPRENDRE QUE VOUS COMPTEZ ABANDONNER VOTRE POSTE ?

IL VOUS A QUALIFIÉ D'ENFANT.
QUEL ÂGE AVEZ-VOUS ?
QUATORZE ANS.
AH... D'ACCORD !
JE NE L'AURAIS PAS CRU SI JEUNE !
N'EST-CE PAS LUI QUI A DROGUÉ ADAM AU BANQUET ?
JE FERAI N'IMPORTE QUEL TRAVAIL, MÊME SURVEILLER VOS AFFAIRES,
MAIS ON M'A DIT DE NE PAS ME BRADER !
BIEN... VOUS SAUREZ M'ÊTRE UTILE !
QUOI QU'IL EN SOIT, VOUS POUVEZ VOUS INSTALLER DANS LA SALLE DE CONFÉRENCE.
SI VOUS AVEZ DES QUESTIONS, N'HÉSITEZ PAS À LES POSER AUX SECRÉTAIRES.
PETER !
OUI, SEIGNEUR.

!
C'EST VRAI, VOUS ÉTIEZ DÉGUISÉ EN « OLIVIA » À CETTE FÊTE.
わはっは
HA HA HA
EN EFFET !
MAQUILLÉ, IL EST MÉCONNAISSABLE.
FLAP
ポッ
IL EST SI MIGNON QUE J'AI FAIT DE LUI MA FEMME !
JE VOIS.
NOUS AVONS ENSEIGNÉ À CET ENFANT TOUT NOTRE ART. NÉANMOINS, IL A BEAUCOUP À APPRENDRE.
APPRENEZ-LUI TOUT CE QUE VOUS POURREZ.
ぺこ
FSH
SUR CE, JE VOUS LAISSE !
FAITES-EN BON USAGE !
IL EST TRÈS OCCUPÉ.
UNE VRAIE TORNADE.
LEQUEL DE NOUS DEUX N'A AUCUNE PATIENCE ?

VOUS MANQUEZ CRUELLEMENT DE RAFFI-NEMENT.
ON ME LE DIT SOUVENT.
ALORS, POURQUOI ÊTES-VOUS LÀ ?
...
JE VOULAIS VOUS LAISSER UN DE MES HOMMES
POUR FACILITER LA COMMUNICA-TION EN CAS DE PROBLÈMES.
CE N'EST PAS UNE MAUVAISE IDÉE.
DANS CE CAS, C'EST DÉCIDÉ !
VOUS VOUS SOUVENEZ D'OLIVIER ?
FLAP
C'EST NOTRE ÉTOILE MONTANTE ET MON BRAS DROIT.
IL EST TRÈS DOUÉ ET APPREND VITE, VOUS VERREZ.
IL PEUT AVOIR L'AIR APATHIQUE, MAIS C'EST UN TRÈS BON ACTEUR.

SEIGNEUR MONTAGU, VOUS AVEZ UN VISITEUR.
HM ?
C'EST MOI, VOTRE EXCELLENCE !
AH, LISZT... VOUS DÉSIREZ ?
MÊME PAS « BONJOUR » ? VOUS ÊTES SI IMPATIENT.
PUIS-JE VOUS DEMANDER COMMENT VOUS VOUS EN SORTEZ ?
MAL.

BARBARITIES 19
Chapitre

J'AI ENTENDU DIRE QU'IL ÉTAIT MALADE.
ON DIRAIT QU'IL VA MIEUX.
Quelque chose ne va pas, Monsieur Basil ?
ALLONS-Y, GILLES.
IL EST TEMPS DE S'ENTRETENIR AVEC LE DÉMON DE CE PAYS.

S'IL EST REVENU, C'EST FORCÉMENT POUR UNE RAISON.
IL VA BIENTÔT ABATTRE SES CARTES, JE LE SENS.
BLA
BLA
...
TIENS ?
N'EST-CE PAS LE PRINCE FREDELL ?

J'AI SOUDAINEMENT EU ENVIE DE RENTRER AU XEHANA.
JE VOUDRAIS BIEN L'OFFRIR EN SACRIFICE À L'ÉGLISE.
Gardez votre sang-froid
EN TANT QUE MEMBRE DU CONSEIL, J'AIMERAIS BIEN QUE VOUS NE NOUS ABANDONNIEZ PAS TOUT DE SUITE.
ADAM, DES NOUVELLES DE SIMON ?
PAS VRAIMENT.
SON MANOIR EST SURVEILLÉ QUOTIDIENNEMENT,
MAIS POUR L'HEURE, IL N'A ENCORE RIEN FAIT DE SUSPECT.
IL NE SORT QUE TRÈS RAREMENT POUR ALLER DANS DES BORDELS.
IL Y VA PEUT-ÊTRE POUR RENCONTRER QUELQU'UN.
CE GENRE D'ENDROIT EST PROPICE À LA DISCRÉTION.
ENFIN, D'APRÈS CE QUE J'AI ENTENDU DIRE.
DES RUMEURS...
ARRÊTEZ VOTRE CINÉMA.
ADAM, AVEZ-VOUS PU ENTRER ?
OUI, MAIS IL NE SEMBLAIT PAS PARLER À QUELQU'UN EN PARTICULIER.
JE VOIS. CONTINUEZ À LE SURVEILLER.

NÉANMOINS, DANS UN PETIT PAYS COMME LE NÔTRE, TOUT EST POSSIBLE.
MONTREZ-MOI DE QUOI VOUS ÊTES CAPABLE AVANT QUE JE NE REPARTE POUR LE XEHANA.
...
VOUS ALLEZ PRENDRE LA TÊTE DE L'ÉGLISE.
COMPTEZ SUR MOI POUR CONTINUER À VOUS MENER LA VIE DURE.
J'ADMIRE VOTRE HONNÊTETÉ.
QUOI QU'IL EN SOIT, CONCERNANT LE BUDGET POUR LE FESTIVAL DE LA LUMIÈRE,
NE COMPTEZ PAS TROP SUR LA TRÉSORERIE POUR UN FINANCEMENT.
TOUJOURS AUSSI FROID.
TOUTEFOIS, SUR LES RECOMMANDATIONS DE LA REINE, NOUS FERONS UNE DONATION.
JE VOIS.
ET PUIS... CONCERNANT SIMON...
OUI.

AU CONTRAIRE, PAR LES TEMPS QUI COURENT, C'EST PLUS QUE NÉCESSAIRE.
VOTRE SECRÉTAIRE EST D'AILLEURS À L'ORIGINE DE CETTE DEMANDE.
BASIL ?
IL A ENVOYÉ UNE LETTRE À L'ÉGLISE AFFIRMANT QUE LA FOI ÉTAIT EN PÉRIL EN LORRAINE.
JE VOUS L'AI TRANSMISE, MAIS VOUS L'AVEZ IGNORÉE ÉGALEMENT.
DONC JE SUIS LE MÉCHANT DE L'HISTOIRE ?
CELA VOUS SURPREND ?
VOTRE EXISTENCE MÊME EST UN OBSTACLE À LA DÉESSE.
C'EST AINSI QUE VOUS ME DÉCRIVEZ DANS VOS RAPPORTS ?
LE MONDE QUE NOUS SOUHAITONS
ET LA SOCIÉTÉ QUE VOUS DÉSIREZ...
NE PEUVENT COEXISTER PACIFIQUEMENT.

ALLONS VOIR COMMENT SE PORTENT NOS HÔTES.
BIEN.
J'AVAIS OUBLIÉ
À QUEL POINT IL POUVAIT LIRE EN MOI.
Va te laver aussi.
Je sens mauvais ?
J'AI CONSTATÉ QUE VOUS AVIEZ ABROGÉ LE PROJET D'EXTENSION DU MONASTÈRE.
EN EFFET.
IL Y A DÉJÀ ASSEZ À FAIRE AVEC LA CÉLÉBRATION DES TRAVAUX DE LA CATHÉDRALE ET LE FESTIVAL DE LA LUMIÈRE.

MAÎTRE LOUIS...
UNE SEMAINE, RIEN QUE TOI ET MOI, NUS,
ET TU N'AS MÊME PAS ESSAYÉ DE ME TUER.
BRAVO.
!
FSH
BIEN.
DEVRIONS-NOUS SORTIR DE CETTE CHAMBRE ?

DIS-MOI,
TROUVES-TU QUE J'AI PERDU DU POIDS ?
HUM...
J'OUBLIAIS,
TU NE PEUX VOIR AUCUNE DIFFÉRENCE PUISQUE TU TE RINCES L'ŒIL TOUS LES JOURS.
PAS DU TOUT !
ARRÊTEZ D'ÊTRE AUSSI VULGAIRE !
...
SPLASH
JE M'EN FICHE BIEN.
PLOC PLOC
!

SPLASH
COMMENT VEUX-TU TE LAVER PROPREMENT DANS DE L'EAU FROIDE ?
LA VIRILITÉ N'EST PAS UNE EXCUSE POUR SENTIR LE FAUVE.
PASSE-MOI UNE SERVIETTE.
OUI.
HM...

PAS BÊTE.
CELA PEUT MARCHER.
JE VAIS PRÉPARER LE BAIN.
HAAA...
CES BAINS SONT UNE MERVEILLE.
IL FAUDRA CONSTRUIRE UNE BAIGNOIRE PLUS GRANDE UNE FOIS RENTRÉS.
JE CROYAIS QUE LES BAINS FROIDS DE TANCE ÉTAIENT UN SYMBOLE DE VIRILITÉ.
CE N'EST QU'UNE FAÇADE !
TOUT LE MONDE UTILISE DE L'EAU CHAUDE SANS LE DIRE.
SPLISH

QUEL JOUR SOMMES-NOUS ?
DEPUIS QUAND DORT-ON ICI ?
EUH... JE... HUM...
DEPUIS UNE SEMAINE, JE DIRAIS.
SWISH
NOTRE DÉPRAVATION A ATTEINT DES SOMMETS.
JE M'HABITUE MÊME À DORMIR AVEC TOI.
MMGH...
DÉSOLÉ...
GNAP
UN BAIN, MAINTENANT.
TOI ET MOI. TU EMPESTES.
...
VOUS ÊTES SÛR ?
SÛR.
J'AI NÉGLIGÉ TOUT UN TAS DE SOIRÉES, DE FEMMES ET D'ENGAGEMENTS POUR RESTER ENFERMÉ DANS CETTE CHAMBRE AVEC TOI.
EST-CE UNE MAUVAISE CHOSE ?
ON DIRA QUE VOUS AVEZ CONTRACTÉ LA GRIPPE ET QUE JE ME SUIS OCCUPÉ DE VOUS.

VOUS N'AVEZ AUCUNE CHANCE.
C'EST VRAI.
SNIFF
ON A LE DROIT DE RÊVER.
VOUS M'ÉTIEZ ENFIN SORTI DE LA TÊTE.
POURQUOI ÊTES-VOUS TOUJOURS AUSSI AMBIGU ?
LAISSEZ-MOI ! ALLEZ DONC LIRE DANS MA BIBLIOTHÈQUE !
MAIIIS...
Il n'y a que des livres de Droit ennuyeux.
DIS-MOI, EST-CE LE LEVER OU LE COUCHER DU SOLEIL ?
VU LA LUMINOSITÉ, JE DIRAIS QUE C'EST LE MATIN, MAÎTRE LOUIS.

SI, JE DOIS ALLER AU PALAIS, À MIDI.
!
FRSH
QUELLE CHANCE !
JE N'AVAIS PAS REMARQUÉ VOTRE PETITE BARBE.
HEIN ?
J'ADORERAIS VOUS VOIR RASÉ !
FRSH
PARDON ?
JE NE LA LAISSE PAS PAR PLAISIR.
SI JE ME RASE, MA FAUSSE BARBE ME GRATTE HORRIBLEMENT.
AH BON ?
C'EST DONC POUR CELA.
QUEL DOMMAGE.
MÊME PAS UNE FOIS ?
LAISSEZ TOMBER. VOUS TENEZ
À CE POINT À ME VOIR RASÉ ?
C'EST MON VŒU LE PLUS CHER !
SI JE GAGNE AUX CARTES, VOUS DEVREZ LE FAIRE !

JE SAIS QU'IL S'AGIT DE VOTRE JARDIN, MAIS SOYEZ PLUS PRUDENT.
SI JE PEUX ME FAUFILER DERRIÈRE VOUS DE LA SORTE, ALORS IMAGINEZ...
VOUS ME FAITES LA LEÇON ?
NON,
JE NE VOULAIS PAS LE DIRE AINSI.
...
NON, PARDONNEZ-MOI. VOUS FAITES VOTRE TRAVAIL.
MAIS NE VOUS INQUIÉTEZ PAS, JE N'ÉTAIS PAS SEUL.
J'AI QUELQU'UN QUI ARROSE LES PLANTES DE DEVANT.
C'EST ICI QU'IL DEVRAIT ÊTRE !
AHEM
...
JE NE VOULAIS PAS CRIER.
VOUS AUSSI, VOUS AVEZ CHANGÉ.
JE N'AURAIS JAMAIS IMAGINÉ VOUS VOIR ME RÉPRIMANDER.
MOI NON PLUS.
Je vais vous aider.
VOUS N'ALLEZ PAS TRA-VAILLER, AU-JOURD'HUI ?

ADAM !
VOUS M'ESPIONNEZ ?
Oups
PAS DU TOUT.
JE NE SAVAIS PAS QUE VOUS CHANTIEZ.
C'ÉTAIT MAUVAIS ?
!
NON, NON ! JE SUIS JUSTE SURPRIS.
?
C'EST... COMMENT DIRE ?
HUM...
MIGNON ?
VOUS ÊTES LÀ TÔT, AUJOURD'HUI.
C'EST RARE QUE VOUS SOYEZ AUSSI DÉTENDU.
...
!
J'AI TRAVAILLÉ HIER SOIR, MAIS JE N'ARRIVAIS À RIEN.
FSH
J'AVAIS BESOIN DE ME VIDER L'ESPRIT, ALORS JE SUIS VENU FAIRE UN PEU DE JARDINAGE.
UN ÉLAN D'IMPULSIVITÉ... C'EST RARE DE SA PART.
DÉBRAILLÉ

AH !
?!
BOBOM
ビクッ

TIENS ?
QUELQU'UN CHANTE ?
HMM...
CRACK

BARBARITIES
Chapitre 18

ADAM...
?
...
ARRÊTEZ DE ME SUIVRE COMME UN PETIT CHIOT !
JE SUIS BIEN OBLIGÉ DE VOUS SUIVRE POUR FAIRE MON TRAVAIL !
Vous trouvez que j'ai l'air d'un petit chiot ?
Ha...
Vous me fatiguez.

POURQUOI ME REGARDEZ-VOUS COMME CELA ?!
EFFACEZ CE SOURIRE BÉAT !
J'ai des hallucinations.
LAISSEZ-MOI ÊTRE VOTRE CHIEN !
TOUT PREND UN DOUBLE SENS AVEC VOUS !
JE NE SERAIS PAS CONTRE UNE TAPE SUR LA TÊTE !
UNE PETITE POUR LA ROUTE ?
HORS DE QUESTION !
JE VAIS FAIRE COMME SI JE N'AVAIS RIEN ENTENDU.
FRANCHEMENT... JE N'AI PAS L'ÉNERGIE POUR VOS PITRERIES...
TROUVEZ UN MOYEN DE ME L'ENVOYER.
...

C'EST LE MOMENT OÙ VOUS ÊTES CENSÉ RÉPONDRE QUELQUE CHOSE.
HAA
...
ÉCOUTEZ BIEN CE QUE J'AI À VOUS DIRE !
APPRENEZ À GARDER VOS SENTIMENTS POUR VOUS !
J'APPRÉCIE VOTRE TRAVAIL, MAIS VOUS GÂCHEZ TOUJOURS TOUT AVEC VOS GRANDES DÉCLARATIONS.
MES GRANDES DÉCLARATIONS ?
SI JE NE VOUS DIS PAS CE QUE JE RESSENS, COMMENT LE SAUREZ-VOUS ?
DE PLUS, SI JE NE VOUS DIS RIEN, VOUS NE ME FÉLICITEREZ PAS !
JE SUIS BIEN OBLIGÉ, SI JE VEUX UNE RÉCOMPENSE.
QU'ÊTES-VOUS DONC ? UN CHIEN ?
HMPF ふん
EN RÉALITÉ, SI VOUS ÉTIEZ UN CANIDÉ, CELA SERAIT PLUS SIMPLE.
UNE TAPE SUR LA TÊTE ET NOUS N'EN PARLERIONS PLUS.

VOUS N'ÊTES PAS LE SEUL À TRAVAILLER DUR.
JE SAIS, MAIS JE N'AVAIS ENCORE JAMAIS AUTANT BÛCHÉ.
C'EST LA PREMIÈRE FOIS QU'ON ME CONFIE UNE TELLE RESPON-SABILITÉ.
VOUS AVEZ FINI DE CHANTER VOS LOUANGES ?
CEPENDANT,
J'AVAIS TOUJOURS ESPÉRÉ VIVRE AU NOM DE L'AMOUR.

IL EST ÉGALEMENT POSSIBLE QUE SIMON AIT RÉDUIT AU SILENCE LES PERSONNES IMPLIQUÉES.
IL A SÛREMENT DES CONTACTS DANS L'ARMÉE.
VOILÀ POURQUOI LA REINE VOULAIT QUELQU'UN DE TOTALEMENT ÉTRANGER À LA LORRAINE COMME GARDE DU CORPS.
JE COMPRENDS MIEUX.
MÊME S'IL SEMBLERAIT QU'ELLE AVAIT D'AUTRES ATTENTES.
JE FERAI EN SORTE QU'ELLE NE REGRETTE PAS SON CHOIX.
JE TRAVAILLE DU MIEUX QUE JE PEUX, APRÈS TOUT !

NOUS NE RETOURNONS PAS AU TRIBUNAL ?
LE CONSEIL A DEMANDÉ UNE RÉUNION.
TOUT LE MONDE EST AGITÉ DEPUIS LE RETOUR DE SIMON.
NOUS N'AVONS PAS LE CHOIX.
NOUS DEVONS METTRE EN PLACE LE PLUS DE MESURES POSSIBLE POUR L'ARRÊTER.
IL N'EST PAS IMPOSSIBLE QUE LES LETTRES DE MENACES AIENT UN LIEN AVEC SIMON.
MÊME SI CELA N'EST PAS LE CAS, CELA POURRAIT LE DEVENIR.
EN EFFET.
J'AI PENSÉ À UNE CHOSE.
QUAND IL A FUI À L'ÉTRANGER, JE SUIS DEVENU LE BOUC ÉMISSAIRE,
MAIS LA PLUPART ONT FINI PAR LAISSER TOMBER.

QUAND TU SERAS PLUS GRAND, TU SERAS TRÈS POPULAIRE AUPRÈS DES FILLES.
IL EST IMPORTANT QUE TU SACHES DANSER.
JE N'AIME PAS LA VALSE.
EST-CE QUE MONTAGU PEUT VENIR ?
NON, IL NE SAIT PAS DANSER.
Lionel est bien meilleur danseur.
Moi ?
ÊTES-VOUS VRAIMENT UN SI PIÈTRE DANSEUR ?
POURQUOI JE ME CONTENTE DE JOUER AUX CARTES, À VOTRE AVIS ?
HAAA

QUEL INSOLENT !
À CAUSE DE CELA, LE BRUIT A COURU QU'IL Y AURAIT EU QUELQUE CHOSE ENTRE SIMON ET MOI !
FLAP
C'EST SON ONCLE ! ÉVIDEMMENT QU'IL LUI RESSEMBLE !
HAAA
POUR ÉVITER QUE CES RUMEURS N'EMPIRENT, J'AI FAIT VENIR ADAM ICI.
JE N'AURAIS JAMAIS CRU QUE LES RAGOTS PORTERAIENT SUR ADAM ET VOUS.
JE PENSAIS POUVOIR ATTIRER L'ATTENTION SUR MOI SEULE, C'ÉTAIT LE PLAN PARFAIT.
BRR
BRR
CE NE SONT QUE DES RUMEURS.
PEU IMPORTE, TROUVEZ UN MOYEN DE ME L'ENVOYER.
JE DOIS À TOUT PRIX ÉVITER DE NOUVEAUX ON-DIT À PROPOS DE SIMON ET MOI.
JE FERAI DE MON MIEUX.
CHRIS, RENTRONS.
TU AS TON COURS DE DANSE AVANT LE DÎNER.
OUI, MÈRE.

CEPENDANT, MÊME LUI PEUT CHANGER.
IL EST DEVENU UN VRAI GENTLEMAN.
...
MON PLAN CONSISTANT À FAIRE DE LUI MON AMANT EST UN VÉRITABLE ÉCHEC.
NE POURRIEZ-VOUS PAS DISCRÈTEMENT LE CONDUIRE DANS MA CHAMBRE ?
PARDON ?!
VOUS NE VOUS EN SOUVENEZ SÛREMENT PAS.
MAIS À LA NAISSANCE DE CHRIS, LE PLUS BEAU JOUR DE MA VIE. SIMON M'A DIT...
« IL ME RESSEMBLE PLUS QU'À MON FRÈRE. »

IL EST POSSIBLE QU'IL LES AIT CHASSÉS HORS DU PAYS.
NOUS DEVONS ENQUÊTER DANS LA PLUS GRANDE DISCRÉTION.
ZIEUTE
チラ
J'AURAIS PRÉFÉRÉ QU'ADAM SOIT ASSIGNÉ À LA GARDE DE CHRIS PLUTÔT QU'À LA VÔTRE.
PARDON ?
MAIS...
NE VOUS EN FAITES PAS.
ÉTANT DONNÉ QUE LIONEL A ÉTÉ MANDATÉ PAR L'ÉGLISE POUR CETTE TÂCHE, JE NE POUVAIS PAS REFUSER SES SERVICES.
DE PLUS, ADAM, AVEC SON MANQUE DE MANIÈRES ET SON EXCENTRICITÉ,
N'AURAIT JAMAIS EU L'APPROBATION DU CONSEIL PRIVÉ.
...
POURTANT, TOUT LE MONDE SEMBLE S'ENTICHER DE LUI.
SA LÉGÈRETÉ FAIT SON CHARME.
IL EST GENTIL AVEC TOUT LE MONDE.

VOUS VOUS Y HABITUE-REZ.
NE LE PRENEZ PAS AU SÉRIEUX.
SI VOUS LE DITES, SEIGNEUR MONTAGU.
JE SUIS SÛR QUE NOUS ALLONS BIEN NOUS ENTENDRE.
J'AI PLEIN D'INFORMATIONS À PARTAGER AVEC LA GARDE ROYALE, NOUS DEVRIONS ALLER PRENDRE UN VERRE !
JE DOUTE DE POUVOIR M'Y FAIRE.
LES CHOSES RISQUENT DE SE COMPLIQUER.
AH... PARDON. VOUS POUVEZ VOUS ASSEOIR.
SIMON EST UN ENNEMI DANGEREUX.
TROUVEZ DES PREUVES CONTRE LUI, JE VEUX QU'IL SOIT ARRÊTÉ ET PENDU.
J'AIMERAIS BIEN, MAIS
DEPUIS LE DERNIER INCIDENT, LES TÉMOINS ONT TOUS DISPARU.

D'AILLEURS,
QUI ÊTES-VOUS ?
ADAM, JE TE PRÉSENTE LIONEL.
TOUT À FAIT.
JE SUIS LE CAPITAINE DE LA GARDE ROYALE.
HÉ HÉ
J'AI L'IMPRESSION DE VOIR MON PÈRE EN COLÈRE.
J'ADORE LES HOMMES MIGNONS COMME VOUS.
MIGNON ?
VOUS MOQUEZ-VOUS DE MOI ?!
Adorable.
HÉ HÉ HÉ
DU CALME, LIONEL.
QU...
OH ! SEIGNEUR MONTAGU !
JE NE VOUS AVAIS PAS VU.
J'ÉTAIS BIEN LÀ.
Qu'importe.
IL EST TOUJOURS AINSI, JE SUIS DÉSOLÉ.

LIONEL !
HM ?
VICOMTE CANNING ! QUE FAITES-VOUS ?!
SI QUELQUE CHOSE ARRIVAIT À SA MAJESTÉ...
VOYONS, CAPITAINE, DU CALME.
MAIS... VOTRE MAJESTÉ !
C'EST MAUVAIS POUR VOTRE CŒUR DE CRIER SI FORT.
VOUS VOUS INQUIÉTEZ TROP.
PARDONNE-LE, ADAM.
TU PEUX RESTER AUTANT QUE TU LE SOUHAITES. ♡
OH NON, JE NE DEVRAIS PAS.
VOUS ÊTES TROP GENTILLE, MA REINE !
POURQUOI HURLE-T-IL ?

PSST PSST
NOUS AVONS DE TRÈS BONNES FRIANDISES AU XEHANA.
POURQUOI NE FERIONS-NOUS PAS UN ÉCHANGE ?
!
ILS ONT LA FORME DE COQUILLAGES.
CELA POURRAIT FAIRE PLAISIR À UNE FILLE.
...
ET À UN GARÇON ?
BIEN SÛR !
ALORS D'ACCORD !
NOUS AVONS PLEIN DE POINTS COMMUNS, ON DIRAIT.
JE N'AIME PAS LA TOURNURE QUE PREND CETTE CONVERSATION.
HMM...
CE THÉ AUSSI EST DÉLICIEUX.
IL EST VRAIMENT DOUÉ AVEC LES GENS.
IL ARRIVE À DEVINER FACILEMENT LES GOÛTS DE CHACUN.
WAAH !
FIOUW
FIOUW
MAJESTÉ !

J'ÉTAIS LÀ LE PREMIER !
HMPF, DISONS QUE NOUS ÉTIONS LÀ EN MÊME TEMPS !
IL AGIT COMME UN ENFANT.
OFFRONS-LE-LUI ENSEMBLE.
METTEZ LE BONBON SUR LA COUPELLE.
D'ACCORD.
SEIGNEUR MONTAGU, VOILÀ UNE TASSE DE THÉ ET UN BONBON DE MA PART !
HÉ HÉ
ARGH !
NE TE MOQUE PAS DE SA MAJESTÉ !
INSO-LANT !
HOP LÀ !
NE VOUS EN FAITES PAS, SA MAJESTÉ N'EST PAS AUSSI SUSCEPTIBLE !
OUAH !

SIMON...
IL EST TOUJOURS AUSSI ANTIPATHIQUE.
HAAA...
MONTAGU ! TIENS, C'EST POUR TOI !
VOUS DEVEZ ÊTRE FATIGUÉ, PRENEZ UN PEU DE THÉ.
HEIN ?
HUM...

TRÈS BIEN. J'IRAI NOYER MA SOLITUDE DANS MON MANOIR.
DIRE QUE J'AI GRANDI DANS CE PALAIS.
QUELLE TRISTESSE D'EN ÊTRE AINSI CHASSÉ.
...
SWOUSH
SUR CE,
À TRÈS BIENTÔT, VOTRE MAJESTÉ.
J'ESPÈRE QUE VOUS M'ACCUEILLEREZ À BRAS OUVERTS, LA PROCHAINE FOIS.

IL RESTE MON NEVEU.
C'EST NORMAL QUE JE ME SOUCIE DE MA FAMILLE.
EH BIEN, TOUJOURS CE REGARD FROID DANS VOS YEUX...
IL SUFFIT.
TU PEUX RENTRER CHEZ TOI TE REPOSER, MAINTENANT.
C'EST TOUT ?
ALORS QUE J'AI ÉTÉ ABSENT SI LONGTEMPS ?
PAS MÊME UNE FÊTE DE BIENVENUE ?
IL SEMBLERAIT QUE CES MESSIEURS LES CONSEILLERS AIENT RENDU CE PAYS TERRIBLEMENT ENNUYEUX.

REVENIR QUAND NOTRE PAYS EST EN PROIE AU CHAOS. CELA TE RESSEMBLE BIEN, SIMON.
BIEN SÛR, JE VOULAIS ÊTRE LÀ POUR SOUTENIR NOTRE ROI.
JE SUIS À VOS ORDRES.
BONJOUR, CHRIS. CELA FAISAIT LONGTEMPS.
TU RESSEMBLES TANT À FEU MON PETIT FRÈRE.
IL EST TOUJOURS AUSSI TIMIDE.
VSH
SIMON ! IL RESTE LE ROI ! SOIS RESPECTUEUX !

NOUS LE SUSPECTIONS D'ORGANISER UNE RÉBELLION.
VOTRE MAJESTÉ ET MA SŒUR BIEN-AIMÉE LA REINE MÈRE. CELA FAISAIT BIEN LONGTEMPS.
JE ME RÉJOUIS DE VOUS VOIR TOUS DEUX EN BONNE SANTÉ.
...

C'EST UN MALENTENDU, J'ENTRETIENS ACTUELLEMENT UNE LIAISON AVEC SON NEVEU.
SILENCE !
PETER, TU AVAIS BESOIN DE QUELQUE CHOSE ?
J'écoute !
AH, EUH... OUI.
LE CARDINAL BRANDON M'A TRANSMIS CE MESSAGE VOUS DEMANDANT DE VOUS RENDRE AU PLUS VITE AU PALAIS.
JE SUPPOSE QUE LA NOUVELLE A DÛ LUI PARVENIR AUSSI.
IL VEUT SÛREMENT DISCUTER D'UNE STRATÉGIE.
DIS-LUI QUE J'ARRIVE.
BIEN.
HA HA HA
ON A L'IMPRESSION QUE VOUS PARTEZ EN GUERRE.
...
QUOI ?
VOUS NE CROYEZ PAS SI BIEN DIRE.
SES DERNIÈRES CHARGES D'ACCUSATIONS PORTAIENT SUR L'IMPORTATION ILLÉGALE D'ARMES.

JE ME DEMANDAIS COMMENT VOUS POUVIEZ SUPPORTER VOTRE PERRUQUE AVEC CETTE CHALEUR.
ET PUIS, J'ADORE VOUS TAQUINER.
JE SUIS SÉRIEUX, CE N'EST PAS LE MOMENT.
FRANCHEMENT,
POURQUOI NE PAS LES ATTACHER COMME MOI ?
IMPOSSIBLE, ON VERRAIT LE FILET DE LA PERRUQUE.
ELLE N'EST PAS FAITE DE VRAIS CHEVEUX, DONC ELLE EST LÉGÈRE.
VOUS ÊTES TROP PRÈS.
CLANG !
BOBOM
カラン
BOBOM
カラン
BOBOM
JE... JE SUIS DÉSOLÉ ! CELA M'A GLISSÉ DES MAINS !
JE N'AI RIEN VU ! JE NE VOULAIS PAS VOUS INTERROMPRE !
CLAC
ガチャ
CLAC
ガチャ
ATTENDS !
TU N'AS RIEN INTERROMPU ! QUE VEUX-TU ?

COMMENT DIRE LES CHOSES ?
IL A SOUVENT ÉTÉ MÊLÉ À DES AFFAIRES CRIMINELLES ET QUAND IL ÉTAIT SUR LE POINT D'ÊTRE JUGÉ, IL A FUI LE PAYS EN ATTENDANT QUE LES CHOSES SE CALMENT.
OH...
ET LE REVOILÀ COMME SI DE RIEN N'ÉTAIT.
JE N'AURAIS JAMAIS IMAGINÉ QUE L'ONCLE DU ROI SERAIT UN HORS-LA-LOI.
ET POURTANT, IL EST SECOND DANS L'ORDRE DE SUCCESSION AU TRÔNE.
C'EST UN ARRIVISTE COMPLIQUÉ À GÉRER.
NOUS DEVONS PROTÉGER SA MAJESTÉ.
IL VA FALLOIR GARDER UN ŒIL SUR LUI, DONC.
J'ÉTAIS TELLEMENT SOULAGÉ QUAND IL A QUITTÉ LA LORRAINE QUE...
QU'EST-CE QUE VOUS FAITES ?
BRRR

JE DOIS ME RENDRE AU PALAIS, AUJOURD'HUI.
?
CELA A L'AIR DE VOUS INQUIÉTER.
L'ONCLE DE SA MAJESTÉ EST RENTRÉ DE SON VOYAGE.
C'EST QUELQU'UN DE TRÈS IMPRÉVISIBLE.
DANS QUEL SENS ? VOUS N'ÊTES PAS
EN BONS TERMES ?
...

Quel temps magnifique, aujourd'hui.
AU XEHANA, IL ÉTAIT TOUJOURS SUR SES GARDES, À L'AFFÛT DE NOBLES QUI ESSAYAIENT DE LE MARIER DE FORCE.
C'EST LA PREMIÈRE FOIS QUE JE LE VOIS AUSSI DÉTENDU.
HEUREUSEMENT QUE LE SEIGNEUR MONTAGU N'EST PAS UNE FEMME.
JE VAIS MOURIR DE CHAUD AVEC CES CHEVEUX.
Haa
EN EFFET, JE VAIS VOUS LES ATTACHER.

MWAAAH
JE N'AVAIS PAS PRÉVU D'ÊTRE AUSSI CONSCIENCIEUX EN ARRIVANT ICI, MAIS
J'AI ENVIE DE DÉCOUVRIR LE FUTUR DE CE PAYS DE MES PROPRES YEUX, À PRÉSENT.
VRAI-MENT ?
CE QUI IMPLIQUE QUE JE VEUX VOIR LES DÉSIRS DU SEIGNEUR MONTAGU DEVENIR LOI.
CLAC
LA POLITIQUE M'INDIFFÉRAIT COMPLÈTE-MENT, MAIS...
PAUL, SI TU SOUHAITES CONTINUER À TRAVAILLER POUR MOI, TU DEVRAIS PROPOSER À TA FAMILLE DE VENIR EMMÉNAGER ICI.
CE TRAVAIL RISQUE D'ÊTRE PLUS LONG QUE PRÉVU.
JE VOIS.
MÊME S'IL SE POURRAIT QUE LA LORRAINE SOIT UN PEU TROP RURALE ET ENNUYEUSE À LEUR GOÛT...
JE NE PENSE PAS.
NE VOUS INQUIÉ-TEZ PAS.
POUR JE NE SAIS QUELLE RAISON, MA FEMME ET MON FILS VOUS ADORENT.
JE SUIS SÛR QU'ILS SERONT RAVIS DE VOUS REVOIR.
POUR QUELLE RAISON ? PARCE QUE JE SUIS GÉNIAL, ENFIN !
ET CE SERA AGRÉABLE D'AVOIR DU MONDE AU MANOIR.
JE LEUR EN PARLERAI.
Mettez votre pantalon.

HMMM...
DEPUIS QUE NOUS SOMMES EN LORRAINE,
J'AI L'IMPRESSION QUE JE SUIS EN MEILLEURE SANTÉ.
C'EST NORMAL.
VOUS AVEZ ARRÊTÉ DE FAIRE LA FÊTE TOUS LES SOIRS ET VOUS DORMEZ CORRECTEMENT.
VOTRE IMPLICATION DANS VOTRE TRAVAIL ME SURPREND D'AILLEURS GRANDEMENT.
VOUS ÊTES MÊME CAPABLE DE VOUS RÉVEILLER TOUT SEUL.
FSH
FSH
VEILLER SUR LE SEIGNEUR MONTAGU EST-IL SI AGRÉABLE ?
OUI.

BARBARITIES
Chapitre 17

SI NOS REGARDS NE S'ÉTAIENT PAS CROISÉS, CE JOUR-LÀ,
NOUS N'EN SERIONS SÛREMENT PAS LÀ AUJOURD'HUI.
LA TÊTE QU'ELLES ONT FAITE !
HA HA HA
À CE MOMENT-LÀ,
UNE SEULE QUESTION ME HANTAIT.
JE ME DEMANDAIS SI JE DEVAIS VOUS ÉLIMINER OU NON.
C'EST VRAI.
JE SUIS AFFAMÉ, VA ME CHERCHER QUELQUE CHOSE.
JE VAIS EN AVOIR BESOIN AVANT DE REPARTIR POUR UN TOUR.
GROOOL
VOUS EN AVEZ ENCORE ENVIE ?!
OUI.

QUE T'AI-JE DIT D'AUTRE SOUS L'INFLUENCE DE L'ALCOOL ?
NON... EN FAIT, JE PRÉFÈRE NE PAS SAVOIR !
...
Ne déprimez pas.
VSH
SMACK
!
TU TE RAPPELLES ?
LA PREMIÈRE FOIS QU'ON S'EST EMBRASSÉS,
NOUS ÉTIONS AVEC DES FEMMES.

JE T'Y AUTORISE...
JOUIS EN MOI...
FRANCHEMENT,
POURQUOI INSISTER AUTANT SI CELA VOUS MET DANS CET ÉTAT ?
C'EST DU GÂCHIS DE COUCHER AVEC UN HOMME S'IL NE JOUIT PAS !
ATTENDS, COMMENT ?! TU INSINUES QUE J'AGIS AUSSI DE LA SORTE QUAND JE SUIS SAOUL ?
AH...
Peut-être.

SLAP
AU MOINS,
ESSAIE
D'ÊTRE
PLUS DOUX.
SLAP
SLAP
SLAP
SLAP
AH !
AH !
HAA
POURQUOI...
SLAP
!
POURQUOI ME
REPOUSSE-T-IL
COMME SI
JE LE PRENAIS
DE FORCE ?
SLAP
SLAP
HAN !
!
VLAM
MMH !
GILLES...
OUI,
COMME
CELA...
SLAP

AH !
AH !
!
SQUISH
AH !
SPLISH
SLAP
SLAP
AH !
SPLISH
SLAP
AHN !
HAA !
SLAP
SLAP
BRR BRR
...
MMH !
AH !
AH !
SLAP
AH !
JE VAIS
JOUIR !
GILLES !
SLAP
SLAP
CELA VIENT !
SLAP
ATTENDEZ ENCORE UN PEU !

HAA
S'IL TE PLAÎT, GILLES...
ENSUITE, TU POURRAS M'UTILISER POUR JOUIR COMME BON TE SEMBLE.
!
FSH
COMME VOUS VOUDREZ.
SLAP
MMH !
AH !
HA ! HAAAN !
SLAP
AH !
SLAP
SLAP
AH !
AH !
AH !
SLAP

ARRÊTE DE ME MALTRAITER.
FSH
LAISSE-MOI JOUIR.
FSH
...
VOUS ÊTES VRAIMENT IMPATIENT.
LE PLAISIR SERA PLUS INTENSE SI VOUS FAITES DURER.
!
JE N'EN PEUX PLUS !
SQUISH SQUISH

FSSSH
MMH !
HMPF
MMGH...
IL N'Y A QUE DANS CES MOMENTS-LÀ QUE NOTRE RANG N'A PLUS D'IMPORTANCE.
IL DEVIENT VULNÉRABLE ET SUPPLIANT.
VSH
MMH !
SQUISH
SQUISH
PWAH !
HAN !
SLAP
SLAP
SLAP
SLAP
AH !
HA

SLAP
AH !
HAA !
AH !
SLAP
SLAP
HAN
SLAP
SLAP
MMH !
MMMH !
SLAP
SLAP
SLAP
GILLES...
SLAP
AH !
GH
MMMH...
SLAP
...

HAA
TU ME L'AS MISE D'UN COUP !
COMMENT QUELQUE CHOSE D'AUSSI LONG ET GROS PEUT ENTRER DANS LE CORPS D'UN HOMME ?
À QUOI PENSAIENT-ILS EN CRÉANT L'ÊTRE HUMAIN ?
BRR
BRR
!
DÉCIDÉMENT,
SWOUSH
AH !
VSH
LA VULGARITÉ VOUS SIED.
SLAP
SLAP
HAA !
HA !
AH
SLAP
SLAP
AH !
SLAP
SLAP
AH !

HAA
METS-TOI FACE À MOI, QUE JE PUISSE TE VOIR.
JE VEUX ÊTRE SÛR QUE C'EST TOI.
...
VOUS N'ÊTES PAS À L'AISE ?
MMH
...
NON, CE N'EST PAS CELA.
NE REGARDEZ QUE MOI.
SERRE
MMH...

N'Y VA PAS COMME UN SAUVAGE !
D'AUTANT PLUS QUE JE N'AI PAS BU.
J'AI CRU QUE MES TRIPES ALLAIENT ME SORTIR PAR LA BOUCHE !
VEUILLEZ M'EXCUSER.
D'HABITUDE, VOUS APPRÉCIEZ, ALORS JE...
...
JE NE ME RAPPELLE PAS AVOIR DIT QUE J'APPRÉCIAIS.
J'AI ÉTÉ TROP BRUSQUE,
J'AURAIS DÛ FAIRE PLUS ATTENTION.
!
HAA
CRII
HMM...
FSH
GILLES,

SLAP
SLAP
HA !
HAA !
GH
AH !
HAAAN !
SLAP
SLAP
SLAP
HA
HA
AHN !
...
SLAP
SLAP
NNGH
AH !
HA
...
GILLES...

DU MOINS, C'EST CE QUE J'AI PENSÉ LA PREMIÈRE FOIS,
HI HI HI
ET JE NE VOULAIS PAS RISQUER DE M'ENNUYER DE LUI SI TÔT.
TOUTEFOIS, SI J'AVAIS SU
QUE LES CHOSES-TOURNERAIENT AINSI...
SLAP
HA
...
SLAP
SLAP
SLAP
HA
!
HAA !
MMH

DÉSHABILLE-TOI ET REJOINS-NOUS.
CES JEUNES DEMOISELLES ONT BESOIN DE DIVERTISSE-MENT.
...
GILLES NE REFUSE JAMAIS.
UNE OBÉISSANCE SILENCIEUSE. C'ÉTAIT PEUT-ÊTRE MIEUX AINSI, MAIS...
À VOS ORDRES, MAÎTRE LOUIS.
UNE POUPÉE SANS VIE TELLE QUE LUI N'AURAIT JAMAIS PU ÊTRE MON CONFIDENT.

LA FEMME DE CELUI-CI EN A ÉGALEMENT PROFITÉ.
SON MARI N'EN SAVAIT RIEN, BIEN SÛR.
IL PARAÎT QU'ELLE ÉTAIT TRÈS GOURMANDE.
HI HI HI
...
J'AI IGNORÉ TOUTES CES LANGUES DE VIPÈRE ET J'AI FAIT DE GILLES MON SERVANT.
IL A SU RÉPONDRE À TOUS MES BESOINS.
HÉ, GILLES.
FSH
TU AS ENTENDU ?

JE ME SOUVIENS DE CE QUE CETTE CATIN M'A DIT, CE JOUR-LÀ.
DITES-MOI, FUTUR ROI,
POURQUOI NE PAS L'INVITER À SE JOINDRE À NOUS ?
JE NE TE SUFFIS PAS ?
JE N'OSERAIS JAMAIS DIRE CELA.
SA RÉPUTATION LE PRÉCÈDE, VOYEZ-VOUS.
HI HI HI
SON DERNIER MAÎTRE N'ÉTAIT PAS LE SEUL À SE VANTER DE LUI.

BARBARITIES
Chapitre 16

AUTANT TOUT ENLEVER, PENDANT QUE TU Y ES.
TU ESSAIES DE ME REMONTER LE MORAL, N'EST-CE PAS ?
JE SUIS DÉMASQUÉ.
POURQUOI SOURIS-TU AINSI ?
PARDON.
SMACK
FRANCHEMENT, EST-CE SI MAL D'ÊTRE HEUREUX ?
!
...
SUR CE... JE VAIS ME RETIRER JUSQU'À LA FÊTE DE CE SOIR.
PEU IMPORTE !

PARDONNEZ MON IMPER-TINENCE.
N'EST-CE PAS INCONFORTABLE ?
COMMENT ?
VOTRE VESTE. DÉSIREZ-VOUS QUE JE L'ÔTE ?
AH...
OUI, VAS-Y.
BIEN.
...

JE NE SUPPORTE PAS QU'UNE CHOSE PUISSE ÊTRE HORS DE MA PORTÉE !
FLOP
TOUT CECI M'ÉNERVE PROFONDÉMENT.
...
FSH
MAÎTRE LOUIS...
!
GRIII

IL INSINUE QUE LE TANCE NE POURRAIT PAS AVOIR CES FRUITS ? QUEL PRÉTENTIEUX !
JE VAIS LUI MONTRER ! LE TANCE PEUT AVOIR UNE MANGUE PAR REPAS !
HAA...
DÈS QU'ON PARLE DE MON PAYS NATAL, IL PERD SON SANG-FROID.
JE N'EN DOUTE PAS UNE SECONDE.
PARFAITEMENT !
FLAP!
JE T'AI MONTRÉ MON POUVOIR À MAINTES REPRISES.
ILS ONT TORT DE SOUS-ESTIMER MON INFLUENCE.

SWOUSH
MMGH !
CELA NE ME PLAÎT PAS DU TOUT !
VLAM
C'ÉTAIT QUOI, CETTE PETITE SCÈNE ?
POURQUOI TU NE M'AVAIS PAS DIT QUE TU AIMAIS LES MANGUES ?
COMBIEN DE SECRETS COMPTAIS-TU ME CACHER ?!
POF
CE... CE N'ÉTAIT PAS MON INTENTION.
IL M'A SIMPLEMENT POSÉ LA QUESTION.
CE N'ÉTAIT QU'UNE BANALE DISCUSSION.
VRAIMENT...
TU N'AS JAMAIS PARLÉ DE TES PRÉFÉRENCES AVEC MOI.
JE SUIS UN MAÎTRE QUI NE CONNAÎT PAS SON SERVANT !

JE RÊVE OU IL VOUS A REGARDÉ DE TRAVERS ?
AH BON ? JE N'AI PAS REMARQUÉ.
VOUS AVEZ SÛREMENT DIT QUELQUE CHOSE D'OFFENSANT.
CELA NE M'ÉTONNERAIT PAS.
LES GENS DE TANCE SONT TOUJOURS AINSI.
BIEN QUE SON SERVANT FÛT PLUTÔT SYMPATHIQUE.
Vraiment ?
VLAM !
M... MAÎTRE LOUIS, VOTRE MANTEAU.

C'EST UN FRUIT DU SUD, NON ?
JE NE ME RAPPELLE PAS QUE TU M'EN AIES PARLÉ.
JE... EUH... NON.
J'AI UN CONTACT DANS LE COMMERCE.
JE POURRAIS LUI DEMANDER D'EN FAIRE PARVENIR ICI.
NON, NON. NE VOUS EMBÊTEZ PAS POUR NOUS.
NOUS ALLONS RENTRER.
O... OUI !
SUR CE, PORTEZ-VOUS BIEN. SEIGNEUR MONTAGU...
SCRUTE

C'EST INHABITUEL DE TA PART, GILLES.
VOUS AVEZ BIEN DISCUTÉ ?
DE BANALITÉS, RIEN DE PLUS.
JE DEMANDAIS À VOTRE SERVANT QUEL ÉTAIT SON PLAT FAVORI.
CELA FAISAIT LONGTEMPS QU'ON NE M'AVAIT PAS PARLÉ DE MANGUES. CELA M'A OUVERT L'APPÉTIT.
HMPF
OH, VRAIMENT ?
GLOUPS

CEPENDANT, LA VIANDE AU TANCE EST TELLEMENT DURE...
IL FAUDRAIT QUELQUE CHOSE D'EXCEPTIONNEL POUR ME CONVAINCRE.
...
LES XEHANÉENS,
MÊME INCON-SCIEMMENT, ILS MÉPRISENT LE TANCE.
Je vous ai contrarié ?
Non, non...
Il est vrai que la viande est assez dure.
VOUS VOUS ENTENDEZ BIEN, ON DIRAIT.
MAÎTRE LOUIS.
CLAC
ガタン

CE DESSERT ACCOMPAGNE PARFAITEMENT LE CHAMPAGNE, MAIS IL FAIT LE BONHEUR DES ENFANTS À LUI SEUL.
ON LE PRÉPARE SOUVENT LORS DES BANQUETS ORGANISÉS PAR LES NOBLES.
PEUT-ON Y METTRE DES MANGUES ?
BIEN SÛR ! DES MANGUES ET BIEN D'AUTRES FRUITS EXOTIQUES.
COMME L'ANANAS ET LE LYCHEE.
...
はぁ
HAA...
AH.
JE SUIS NAVRÉ. J'ENCHAÎNE LES FAUX PAS, ON DIRAIT.
Il pleure ?
JE N'AVAIS JUSTE PAS PENSÉ À MON PAYS NATAL DEPUIS LONGTEMPS.
POURTANT, LE SOUVENIR SUCRÉ DES MANGUES EST RESTÉ.
PARDONNEZ-MOI.
JE NE VOULAIS PAS VOUS ATTRISTER.
CE N'EST RIEN. APRÈS TOUT, VOUS ÊTES UN GOURMET DU XEHANA.
JE SUIS SÛR QU'IL Y A DE DÉLICIEUX PLATS AU TANCE ÉGALEMENT.

CELA NE ME DÉRANGEAIT PAS D'EN PARLER, MAIS BON...
HUM... LES MANGUES.
C'EST DÉLICIEUX, EN EFFET.
J'IGNORAIS QU'IL Y EN AVAIT AU TANCE.
ELLES N'Y POUSSENT PAS. CELA REMONTE À TRÈS LONGTEMPS.
JE SUIS SURPRIS QUE VOUS CONNAISSIEZ.
J'Y AI GOÛTÉ UNE FOIS AU XEHANA.
NOMBREUX SONT CEUX QUI DÉPENSENT UNE FORTUNE POUR DES PRODUITS EXOTIQUES, LÀ-BAS.
C'EST UN PAYS CONNU POUR SES GOURMETS, OUI.
EN PARLANT DE GOURMETS, CONNAISSEZ-VOUS CETTE RECETTE ?
VOUS PLACEZ DIVERS FRUITS COUPÉS EN RONDELLES DANS UN BEAU CONTENANT EN VERRE.
VOUS Y AJOUTEZ DE L'EAU SUCRÉE ET Y SAUPOUDREZ DÉLICATEMENT UNE POUDRE BLANCHE.
L'EAU SE MET À FAIRE DES BULLES COMME SI ELLE BOUILLAIT !
CETTE POUDRE EST DU BICARBONATE DE SODIUM, QU'ON RETROUVE DANS LA FABRICATION DE LA BIÈRE.
?
AH !

HÉ HÉ
JE ME DEMANDAIS, VOTRE FAMILLE VIENT-ELLE DES PAYS DU SUD ?
DES CHEVEUX D'UN SI BEAU ROUGE SONT PLUTÔT RARES AU TANCE.
HUM
...
MON HISTOIRE EST POURTANT BIEN CONNUE, LÀ-BAS.
VRAIMENT ?
ELLE N'EST PAS TRÈS PLAISANTE.
AUTREFOIS, J'ÉTAIS UN ESCLAVE.
JE VOIS. PARDONNEZ MA CURIOSITÉ.
CHANGEONS DE SUJET.
QUELS SONT VOS METS FAVORIS ?

L'OUVERTURE D'ESPRIT EST CHOSE RARE, ICI.
JE SERAIS CURIEUX D'EN APPRENDRE PLUS SUR LES AUTRES ROYAUMES.
...
FIIIIIXE
...
HUM...
JE PEUX VOUS AIDER ?
JE SUIS NAVRÉ,
ON M'A DEMANDÉ DE VOUS TENIR COMPAGNIE, MAIS JE N'AI RIEN À DIRE.
JE VOIS.

LES MONTAGNES ONT BEAU PROTÉGER LA LORRAINE, DES RELATIONS DIPLOMATIQUES RESTENT NÉCESSAIRES.
D'AUTANT PLUS QUE CETTE CONTRÉE EST ENCERCLÉE PAR LE TANCE ET LE XEHANA.
HA HA HA
FORCÉMENT, NOUS NE NOUS ENTENDONS PAS AVEC CES PRÉTENTIEUX DU XEHANA.
LE CARDINAL XEHANÉEN DE TANCE EST AUSSI VIVANT QU'UN BOUQUET DE FLEURS SÉCHÉES.
...
HA HA HA
IL EST VRAI QUE LE ROI CHRIS EST ENCORE TRÈS JEUNE.
JE DOUTE FORTEMENT QUE LA LORRAINE S'EFFONDRE DE MON VIVANT.
PRINCE LOUIS, EN TANT QUE PROCHAIN ROI DE TANCE, VOUS ÊTES AMENÉ À PARTICIPER À L'HISTOIRE.
...
EST-CE DE NOUVEAU DE LA CURIOSITÉ ?
NOUS RESTONS FONDAMENTALEMENT DES BARBARES.
NOUS NE POUVONS QU'AVOIR DES VUES SUR VOTRE PAYS.

HEUREUX DE VOUS VOIR ENTIER.
LA VILLE N'EST PLUS TRÈS SÛRE, ÉVITEZ DE VOUS PROMENER N'IMPORTE OÙ.
MAIS IL Y A TANT À VOIR.
JE N'AI APERÇU AUCUNE MILICE, DANS LES RUES.
AU TANCE, NOS SOLDATS PARCOURENT LES ALLÉES POUR ASSURER LA SÉCURITÉ.
NOUS DÉPLOYONS DES SOLDATS EN CAS DE CONFLITS MAJEURS,
MAIS J'ADMETS QUE C'EST SOUVENT TROP TARD.
UNE RÉBELLION D'HÉRÉTIQUES...
LES TEMPS ONT EN EFFET BIEN CHANGÉ.
LA LORRAINE EST REDEVENUE UNE SCÈNE DE CONFLITS POUR LE CULTE DE LA DÉESSE.
L'ADMISSION DU CARDINAL DANS LE CONSEIL PRIVÉ A ÉTÉ TRÈS MAL PERÇUE PAR CERTAINS.
J'AI CRU COMPRENDRE QUE LE TANCE ABRITAIT PLUSIEURS CROYANCES ?
NOUS SOMMES UN PEUPLE TÊTU.
LA RELIGION D'UN PAYS ÉTRANGER NE TROUVERAIT AUCUN ÉCHO CHEZ NOUS.
QU'IL S'AGISSE DE NOS ANCIENS DIEUX OU DES DIVINITÉS ANIMALES, CHACUN EST LIBRE DE SA FOI.

TRÈS BIEN.
...
VOILÀ DONC LE FAMEUX VICOMTE CANNING ?
IL NE SEMBLE PAS AUSSI EXTRAVERTI QU'ON LE DIT.
VOUS N'AVEZ JAMAIS ÉTÉ INTRODUITS ?
MOI QUI APPRÉCIE LES FESTIVITÉS, JE NE L'Y AI JAMAIS CROISÉ.
IL EST PLUS SÉRIEUX QUE JE NE L'IMAGINAIS.
CLING
HM ?
CE DOIT ÊTRE RASSURANT DE L'AVOIR À VOS CÔTÉS.
SI L'ON VEUT...
Comment répondre à cela ?
DÉSOLÉ, JE NE VOULAIS PAS VOUS EMBARRASSER.
J'AI TOUJOURS ÉTÉ TROP CURIEUX.
J'AI TENDANCE À FOURRER MON NEZ PARTOUT.

CLING
JE NE VOUS AI PAS RECROISÉ EN SOIRÉE, SEIGNEUR MONTAGU.
J'AI POURTANT PARTICIPÉ À DE NOMBREUSES FÊTES DEPUIS NOTRE RENCONTRE.
JE VOUS PRIE DE M'EXCUSER. JE NE SUIS PAS TRÈS À L'AISE DANS LA FOULE.
NUL BESOIN DE VOUS EXCUSER.
JE SOUHAITAIS SIMPLEMENT POUVOIR VOUS REPARLER.
BIEN SÛR.
ADAM, ATTENDEZ-NOUS DERRIÈRE LA PORTE.
MAIS...
SOYEZ TRANQUILLE, ON VOUS APPELLERA SI BESOIN.
MON SERVANT A CRUELLEMENT BESOIN DE COMPAGNIE.

JE VOUS EN PRIE, ASSEYEZ-VOUS.
ON M'A DIT QUE VOUS AVEZ CAPTURÉ DEUX HÉRÉTIQUES?
OH, MERCI.
DU THÉ PLUTÔT QUE DU VIN ?
AVEZ-VOUS PRIS VOS MARQUES EN LORRAINE, PRINCE FREDELL ?
ABSOLUMENT, L'AIR PUR DE LA MONTAGNE ME FAIT BEAUCOUP DE BIEN.
JE N'AI PLUS ENVIE DE REPARTIR.

BARBARITIES
Chapitre 15

CHUCHOTE
RACONTEZ-LUI EN DÉTAIL CE QUE VOUS M'AVEZ DIT.
CONTRAIREMENT À L'ÉGLISE, IL NE SEMBLE PAS SAISIR L'IMPORTANCE DE CETTE CRISE.
CLAC
SEIGNEUR MONTAGU. LE PRINCE FREDELL EST ICI.
MERCI, BASIL.
PRINCE FREDELL, NOTRE DERNIÈRE RENCONTRE REMONTE À UN CERTAIN TEMPS.
EN EFFET, CELA FAISAIT LONGTEMPS, SEIGNEUR MONTAGU.

BONJOUR, SECRÉTAIRE BASIL.
NOUS LES AVONS TROUVÉS EN CHEMIN.
PAR LA DÉESSE ! VOUS N'AVEZ RIEN ?
MON SERVANT S'EN EST CHARGÉ.
J'AI EU VENT DES PROBLÈMES QUE CES HÉRÉTIQUES VOUS ONT CAUSÉS.
VOUS ÊTES TROP BON.
JE SUIS RASSURÉ QUE VOUS NE SOYEZ PAS BLESSÉ.
ILS ONT DÉTRUIT UNE STATUE ET DÉCLENCHÉ UN INCENDIE.
CE GENRE D'INCIDENT SEMBLE DE PLUS EN PLUS FRÉQUENT.
EN EFFET, NOUS DEVONS MAINTENIR UN CONTRÔLE STRICT AFIN D'ASSURER L'ORDRE PUBLIC.
AUSSI, MON SUPÉRIEUR, LE SEIGNEUR MONTAGU, VOUDRAIT VOUS REMERCIER EN PERSONNE.
TIENS DONC.

TU ES UN SERVANT PLUTÔT EFFICACE, GILLES.
ARGH !
MERCI.
Ouah !
JE TE FÉLICITERAI PLUS TARD.
?!
QUELLE COÏNCIDENCE ! PRINCE FREDELL !
VOUS NOUS AVEZ RENDU UN GRAND SERVICE !

BOUGE DE LÀ, ESPÈCE DE...
SWOUSH
VOUS AVEZ CHOISI LE PIRE ENDROIT POUR FUIR.
BANDE D'AMATEURS, VOUS ÊTES PATHÉTIQUES.
OUAH !
BAM !
ARGH !
PAF
QUE...
GYAH !

POURQUOI CETTE AGITATION ?
LES HÉRÉTIQUES SE SONT ENFUIS !
RECULEZ, S'IL VOUS PLAÎT.
OÙ SONT-ILS ALLÉS ?
ON DIRAIT QU'ILS SONT POURCHASSÉS.
ET ILS PORTENT LA TENUE DES HÉRÉTIQUES
SCRUTE
SINON QUOI ?
...
DEVRIONS-NOUS LES LAISSER S'ENFUIR ?
NON, NOUS ALLONS LES LIVRER À BASIL.
ILS FERONT UN BON CADEAU.
QU'EST-CE QUE VOUS RACONTEZ ?
ON N'A PAS LE TEMPS DE S'OCCUPER D'EUX !

CRASH !
VOUS, LÀ ! QU'EST-CE QUE VOUS FAITES ?!
UN ÉVÊQUE !
IL FAUT PARTIR !
C'EST VOUS, LES HÉRÉTIQUES QUI ENVAHISSEZ NOTRE PAYS !
ENLÈVE TA CAPE ! ON VA FUIR DANS LES RUES !
LA STATUE DE LA DÉESSE !
CES TENUES... CE SONT DES HÉRÉTIQUES ! DES HÉRÉTIQUES ONT DÉTRUIT LA STATUE !
PAF !
!
BOUGE DE LÀ, ESPÈCE D'ABRUTI !
ABRUTI ?

ME DIRE CELA EN CONNAISSANT MES SENTI-MENTS EST CRUEL.
HA HA HA
JE SAIS.
JE SUIS NAVRÉ QUE NOUS N'ARRIVIONS PAS À NOUS COMPRENDRE, MAIS C'EST AINSI.
...
JE VAIS MANGER AVEC LES AUTRES, VOUS FERMEREZ.
BIEN !
MMMH じーー...
JE NE PENSAIS PAS QUE LE SIMPLE FAIT
QU'IL VEUILLE ÊTRE MON AMI ME RENDRAIT SI HEUREUX.
C'EST UNE JOIE TELLE QU'ELLE POURRAIT M'ÉLOIGNER DU CHEMIN DE L'AMOUR.
L'AMOUR EST PLEIN DE SURPRISES.
Oh, l'ange du banquet.

JE PRÉFÉRERAIS QUE NOUS MANGIONS UNE TARTE PRÉPARÉE PAR MARTHA, DANS MON JARDIN.
ALORS FAISONS CELA UN AUTRE JOUR.
!
VSH
JOËL...
CLAC
JE SUIS LE SEIGNEUR MONTAGU !
ÉVITEZ CE GENRE DE MALENTENDU.
JE N'AI PAS ABANDONNÉ L'IDÉE QUE NOUS SOYONS AMIS,
ALORS C'EST EN CETTE QUALITÉ QUE JE VOUS INVITE.
HMPF

ET J'AI CRAINT QUE VOUS NE DÉCLINIEZ MA PROPOSITION.
...
IL Y A ENCORE DEUX SECONDES, IL ÉTAIT PLEIN D'ASSURANCE
ET MAINTENANT, IL ROUGIT POUR UNE SIMPLE INVITATION À MANGER ?
QU'EN DITES-VOUS ? JE PEUX ALLER NOUS CHERCHER QUELQUE CHOSE AU RÉFECTOIRE.
NON, MERCI.
ARGH !
BRR
BRR
ALORS...
VOUS NE VOULEZ PLUS...
LAISSEZ-MOI FINIR.
POURQUOI NE MANGERIONS-NOUS PAS ICI ?
AVEC LES OREILLES QUI TRAÎNENT DANS LE COIN, DE L'ALCOOL SERAIT MALVENU.
ET HORS DE QUESTION DE MANGER LA NOURRITURE DU RÉFECTOIRE.

LE CIEL EST DÉGAGÉ, AUJOURD'HUI,
DE QUOI NOUS PERMETTRE DE PIQUE-NIQUER DANS LES JARDINS.
?
APRÈS NOTRE... DISPUTE,
NOUS N'EN AVONS JAMAIS EU L'OCCASION.
...
JE M'EN SOUVIENS.
MAIS POURQUOI PRENDRE CE TON MIELLEUX ?
HEIN ?
MOI, MIELLEUX ?
C'EST JUSTE QUE... J'AVAIS HÂTE.
J'ÉTAIS TELLEMENT HEUREUX QUAND VOUS M'AVEZ FAIT CETTE PROMESSE.

N'ÉTAIS-JE PAS À TOMBER PAR TERRE ?
J'OUBLIAIS QUE VOUS AIMIEZ CE GENRE D'EXTRAVAGANCE.
VOUS N'AVEZ AUCUNE GÊNE.
QUI D'AUTRE QUE VOUS PENSERAIT À SE VENDRE LUI-MÊME AUX ENCHÈRES ?
HAA
VOUS ÊTES COMPLÈTEMENT INCONSCIENT.
IL EST BIENTÔT MIDI.
PARDON ?
C'EST L'HEURE DE DÉJEUNER.
FSH
OH, JE N'AI PAS VU LE TEMPS PASSER.
VOUS AVIEZ DES PROJETS ?
...
VOUS RAPPELEZ-VOUS M'AVOIR DIT UNE FOIS
QUE NOUS POURRIONS ALLER DÉJEUNER ENSEMBLE DEHORS ?

DOOOM !
JE N'AI RIEN NIÉ LORSQU'ON M'A POSÉ DES QUESTIONS !
GRRR
VOUS...
TOUTEFOIS, J'AI UN PLAN
POUR S'ASSURER QUE LES GENS NE FASSENT PAS LE LIEN ENTRE JOËL ET VOUS.
AINSI, D'UNE PIERRE, DEUX COUPS. JE POURRAI VOUS PROTÉGER PLUS EFFICACEMENT
ET CALMER LES AVANCES DE TOUTES CES FEMMES.
JE PENSAIS QUE VOTRE TENUE GROTESQUE AU BANQUET ÉTAIT UN DÉGUISEMENT.
?
BIEN SÛR QUE NON, ON POUVAIT VOIR CLAIREMENT MON VISAGE, PAS VRAI ?
POURQUOI VOUDRAIS-JE ME CACHER ALORS QUE J'ESSAIE DE ME VENDRE ?

MAIS ON ME PRÊTE ÉGALEMENT UNE RELATION AVEC SON NEVEU, JOËL.
GRMPF
COMME POUR L'AFFAIRE DES MAC TODD, SOUVENEZ-VOUS.
ET AU BANQUET, C'EST JOËL QUI M'A GAGNÉ AUX ENCHÈRES !
C'EST NORMAL QUE LES GENS COMMENCENT À PENSER...
JE SAVAIS QUE TOUT CECI ME RETOMBERAIT DESSUS !
VOUS NE POUVEZ PAS VOUS EMPÊCHER DE PLAISANTER SUR TOUT ET N'IMPORTE QUOI !
JE NE PLAISANTE PAS.

C'EST VOUS QUI LES AVEZ APPELÉS ICI.
CE BANQUET ÉTAIT VOTRE IDÉE.
C'ÉTAIT DIVERTISSANT, NON ? CES PETITES FÊTES SONT TRÈS POPULAIRES AU XEHANA.
NÉANMOINS, JE NE PENSAIS PAS QUE VOUS ME « SAUVERIEZ » RÉELLEMENT.
VOUS ÉTIEZ DROGUÉ, JE N'AVAIS PAS LE CHOIX.
PEUT-ON VRAIMENT LEUR FAIRE CONFIANCE ?
HÉ HÉ
HÉ HÉ
POURQUOI VOUS RIGOLEZ ?
BEAUCOUP DE RUMEURS CIRCULENT COMME QUOI LE SEIGNEUR MONTAGU VOUDRAIT ME GARDER POUR LUI SEUL.
PAS QUE JE N'APPRÉCIE PAS CES RAGOTS, BIEN AU CONTRAIRE,

NOUS N'AIMONS PAS LES ÉTIQUETTES, MAIS JE RÉFLÉCHIRAI À QUELQUE CHOSE.
ALLONS-Y, OLIVIER.
Ne me colle pas quand tu n'es pas déguisé !
AÏE !
...
C'EST DEVENU BIEN ANIMÉ, ICI.
J'ESPÈRE QU'ON POURRA LEUR FAIRE CONFIANCE.
JE CONNAIS LISZT DEPUIS LONGTEMPS.
ON PEUT COMPTER SUR LUI, JE VOUS ASSURE.
IL PEUT SEMBLER DISPERSÉ, MAIS VOUS FINIREZ PAR LE COMPRENDRE.
JE SUIS CONTENT D'AVOIR PU VOUS LE PRÉSENTER.
J'AI TOUJOURS PENSÉ QU'IL AVAIT BESOIN D'UN TRAVAIL QUI LUI PERMETTRAIT DE GARDER LES PIEDS SUR TERRE.
DONC, SI JE COMPRENDS BIEN,

ALORS C'ÉTAIT VOUS.
VOUS AVEZ BIEN CALCULÉ VOTRE COUP.
NOUS N'AVIONS NULLE PART OÙ VIVRE.
CE MANOIR SERA PARFAIT POUR NOUS.
SI VOUS M'EN AVIEZ PARLÉ AVANT, NOUS AURIONS PU NOUS ARRANGER.
CE N'EST PAS LA PEINE.
NOUS DÉSIRONS VOUS ASSISTER PAR NOS PROPRES MOYENS.
JE VOIS.
J'UTILISERAI MA TRÉSORERIE POUR PAYER VOS SERVICES.
COMMENT SUIS-JE CENSÉ APPELER VOTRE GROUPE ?
EN GÉNÉRAL, ON NOUS APPELLE LA BRIGADE DU SUD.
MAIS SI TOUT SE PASSE CORRECTEMENT, NOUS RESTERONS ICI, ALORS
« BRIGADE » NE CONVIENDRA PEUT-ÊTRE PLUS.
RÉFLÉCHISSEZ BIEN,
SINON CELA RENDRA LES FORMALITÉS ADMINISTRATIVES TRÈS COMPLIQUÉES.
HUM... OUI...
VOTRE RÉPUTATION DE BUREAUCRATE N'EST PAS USURPÉE.

DONC C'EST DE LÀ QU'ELLES ONT TRANSITÉ.
ESSAYEZ D'EN SAVOIR PLUS.
JE VAIS TOUT FAIRE POUR.
LE SEIGNEUR MONTAGU RENDRA SON JUGEMENT PLUS TARD.
EMMENEZ-LE EN CELLULE.
ENTENDU.
LISZT, UN INSTANT.
OUI ?
C'EST AU SUJET DE MA « PETITE DÉPENSE » DE L'AUTRE SOIR.
J'AI VENDU UN DE MES MANOIRS POUR OBTENIR CET ARGENT.
IL SEMBLERAIT QU'UN ACHETEUR ÉTRANGER S'EST IMMÉDIATEMENT MANIFESTÉ
SANS MÊME NÉGOCIER LE PRIX.
EH BIEN, VOUS AVEZ EU DE LA CHANCE.

DONC SI JE RÉSUME BIEN, TU N'AS ÉCRIT QU'UNE LETTRE
ET L'ON T'A FORCÉ À ÉCRIRE LES AUTRES SOUS COUVERT DE LA PREMIÈRE.
COMBIEN AU TOTAL ?
VINGT ENVIRON. À VOUS, MAIS AUSSI À D'AUTRES PERSONNES INFLUENTES.
VEUILLEZ ME PARDONNER ! CE N'ÉTAIT PAS PERSONNEL ! J'AI ÉGALEMENT ÉCRIT À D'AUTRES ARISTOCRATES TRÈS ARROGANTS.
ÊTRE FORCÉ D'ÉCRIRE DES LETTRES DE MENACES. C'EST RIDICULE.
COMPLÈTE-MENT.
HAA
POURQUOI VOUS EN PAR-TICULIER ?
QUI ÉTAIT LE COMMANDI-TAIRE ?
JE N'EN AI AUCUNE IDÉE.
J'ÉCRIVAIS LES LETTRES SEUL CHEZ MOI.

...
C'EST BIEN LA MÊME ÉCRITURE SUR CHAQUE LETTRE.
C'EST DONC TOI QUI LES AS ÉCRITES ?
HIII !
SCHLAK
OUI, C'ÉTAIT MOI,
MAIS ON M'A FORCÉ À LE FAIRE !
MEN-TEUR !
HIII !
BAM
JE N'AI ÉCRIT QU'UNE SEULE LETTRE DE MA PROPRE VOLONTÉ !
PAS DE VIOLENCE ICI, JE VOUS PRIE.

BARBARITIES
Chapitre 14

Mais c'est de l'abus de pouvoir !
?
ON DIRAIT QU'ILS S'ENTENDENT BIEN.
CARDINAL BRANDON.
COMMENT SON ALTESSE LUCAS SE PORTE-T-ELLE ?
C'EST COMME VOUS ME L'AVIEZ DIT.
UNE DE SES SERVANTES LUI REMPLISSAIT LE CRÂNE D'INEPTIES.
JE L'AI CONGÉDIÉE SUR-LE-CHAMP ET RENVOYÉE AU TANCE.
CEPENDANT, IL SEMBLE QU'ELLE NE DIFFUSAIT AUCUNE INFORMATION CONFIDENTIELLE.
JE VOUS REMERCIE.
IL NE FAUDRAIT PAS QUE LUCAS SE LAISSE INFLUENCER.
BIEN SÛR.
ENFIN, JE DOIS DIRE...
QUE JE N'AURAIS JAMAIS IMAGINÉ CELA.
TERRORISER AINSI DES ENFANTS DEVRAIT ÊTRE CONSIDÉRÉ COMME UN CRIME.
HA HA HA
JE NE L'AURAIS PAS MIEUX DIT.

DANS CE CAS, JE DEMANDERAI À MONTAGU DE CHANGER LA LOI.
APRÈS TOUT, JE SUIS LE ROI !
HÉ HÉ
!
MARIONS-NOUS, D'ACCORD ?
MÊME SI C'EST INTERDIT ?

MONTAGU AUSSI A RÉAGI AINSI QUAND JE LUI AI DONNÉ UN RUBAN.
IL A DIT QUE DEUX HOMMES NE POUVAIENT PAS FAIRE DE BÉBÉS.
Je voulais juste qu'il vive avec moi.
CHRIS, TU DOIS LE GARDER POUR LA FILLE QUE TU AIMES.
UNE PRINCESSE D'UN AUTRE PAYS.
COMMENT ?
CELA VEUT DIRE QUE TU PEUX LE GARDER, LUCAS.
MARIONS-NOUS ET VIVONS ENSEMBLE !
ちゅ
SMACK
!
JE NE SUIS PAS UNE FILLE !
On confond toujours !
TU NE PEUX PAS TE MARIER AVEC UN GARÇON !
LA LOI L'INTERDIT !

ET PUIS, IL A FAIT PARTIR UNE NOUNOU QUI ÉTAIT MÉCHANTE.
JE ME SUIS SENTI MAL, MAIS ELLE ÉTAIT VRAIMENT ODIEUSE.
IL M'A DIT QUE C'EST LE RUBAN QUI L'AVAIT GUIDÉ.
MERCI, CHRIS !
!
IL MARCHE !
Tant mieux
ON DIRAIT BIEN.
MAIS... HUM...
CE RUBAN...
IL M'A DIT QU'ON LE DONNAIT NORMALEMENT À UNE PRINCESSE POUR LUI FAIRE SA DEMANDE.
BOBOM
かぁー
SA DEMANDE DE QUOI ?
SA DEMANDE EN MARIAGE !
MON GRAND FRÈRE M'A DIT QUE JE DEVAIS TE LE RENDRE !
EN MARIAGE ?!
C'EST QUAND DEUX PERSONNES VIVENT ENSEMBLE ET ONT DES BÉBÉS.

CHAQUE JOUR, VOUS DEVENEZ UN MEILLEUR ROI.
VOTRE SIGNATURE AUSSI DEVIENT DE PLUS EN PLUS BELLE.
TOUT IRA BIEN.
JE SUPPOSE.
ROTCH, VOUS FAITES PEUR, MAIS VOUS ÊTES TRÈS GENTIL.
ON ME LE DIT SOUVENT.
HA HA HA
QU'EST-CE QUE TU FAIS ?
AH !
C'EST LE PRINCE LOUIS.
OUI,
IL VIENT ME RENDRE VISITE RÉGULIÈREMENT DEPUIS QUE JE SUIS ICI.
JE NE LE VOYAIS PRESQUE JAMAIS, CHEZ NOUS.
CELA TE FAIT PLAISIR ?
OUI ! CE MATIN,
ON A PRIS LE PETIT DÉJEUNER ENSEMBLE.

C'EST JUSTE QUE... MON AMI S'INQUIÈTE BEAUCOUP
J'AI L'IMPRESSION QUE QUELQU'UN LUI RACONTE DES CHOSES HORRIBLES.
QU'EST-CE QUE JE DEVRAIS FAIRE, ROTCH ?
...
SI C'ÉTAIT UN PROBLÈME POLITIQUE,
QUE FERIEZ-VOUS, MAJESTÉ ?
JE L'IGNORE.
NOUS SOMMES ALLÉS VOIR LES CHIENS, HIER.
JE PENSAIS POUVOIR LUI OFFRIR UN CHIOT, COMME IL AVAIT LE RUBAN ROYAL.
QUOI ?
VOUS LUI AVEZ OFFERT UN RUBAN...
C'EST MOI QUI LE LUI AI DONNÉ.
SAUF QUE JE NE SUIS PAS SON ROI.
HAA
J'AI PEUR QUE CELA NE SERVE À RIEN.
En effet.
MALGRÉ TOUT, NOUS SOMMES EN LORRAINE. LE RUBAN ROYAL N'EST PAS IMPUISSANT, ICI.
NOUS FERONS EN SORTE QUE CELA FONCTIONNE.

ALLEZ, VIENS !
JE VAIS TE MONTRER LES JARDINS !
O... OUI !
LA MER ELIZA ?
C'EST UNE LARGE BAIE MARITIME DU ROYAUME DE TANCE.
D'AILLEURS, VOTRE MAJESTÉ, VOUS N'AVEZ JAMAIS VU LA MER, N'EST-CE PAS ?
POURQUOI CETTE QUESTION ?
LA MER...
SI L'ON VOUS ATTACHE ET VOUS JETTE DEDANS, EST-CE QU'ON MEURT ?
VOUS AVEZ DES PENSÉES BIEN SOMBRES, MAJESTÉ.
AVEZ-VOUS LU CELA DANS UN LIVRE OFFERT PAR LE SEIGNEUR MONTAGU ?
NON, NON. CE N'EST PAS CELA.
AH !
MON NOUVEL AMI...
LE SEIGNEUR LUCAS ?
NON ! NON !
JE NE PARLAIS PAS DE LUCAS !
J'AI COMPRIS.
Il parle bien de lui.

NE T'EN FAIS PAS,
JE SUIS AVEC TOI, IL NE T'ARRIVERA RIEN.
DONNE-MOI TA MAIN, LUCAS.
?
FRSH FRSH
SWISH
VOILÀ.
CE RUBAN OR ET BLEU EST MON SYMBOLE.
IL S'AGIT D'UNE MARQUE DE PROTECTION.
CELA SIGNIFIE QUE JE TE PROTÉGERAI.
IL FAIT VRAIMENT BEAU DEHORS, TU SAIS ?
NOUS AVONS DES CHIOTS, TU VEUX LES VOIR ?
!

MURMURE
...
POURQUOI ?
POURQUOI ?
SI MON FRÈRE T'ENTENDAIT...
EH BIEN QUOI ?
PSST PSST
...
IL POURRAIT M'ENCHAÎNER
ET ME JETER DANS LA MER ELIZA.
SÉRIEUSEMENT ?! C'est horrible !
C'EST TON FRÈRE QUI TE L'A DIT ?
NON,
CE SONT LES AUTRES QUI LE RACONTENT.
Chuchote
QUI ?
S'IL TE PLAÎT,
NE PARLE PAS DE TOUT CELA À MON FRÈRE.
SNIFF
JE NE VEUX PAS QU'IL ME HAÏSSE.

TU ES FORMIDABLE, LUCAS.
TU SAIS, LES GENS SERAIENT PERDUS SANS NOUS.
TU FERAIS UN TRÈS BON ROI.
あうっ
AH...
QUELQUE CHOSE NE VA PAS ?
TU...
TU DIS CELA PARCE QUE TU ES DÉJÀ ROI.
TU LE SERAS UN JOUR, NON ?
?
CHUUUT!
NON !
JAMAIS !
NE PARLE PAS SI FORT !

DE QUOI CELA PARLE ?
Y A-T-IL DES DRAGONS ? DES PIRATES ?
MOI AUSSI, J'ADORE LIRE.
MONTAGU M'APPORTE PLEIN DE LIVRES.
IL EST MON PRÉCEPTEUR.
EN FAIT...
EH BIEN...
IL TRAITE DES HERBES MÉDICINALES.
LES HERBES MÉDICINALES ?
ELLES T'INTÉRESSENT ?
OUI.
JE TOMBE SOUVENT MALADE,
ALORS JE ME SUIS DIT QUE LES ÉTUDIER POURRAIT M'ÊTRE UTILE.
SEULEMENT, ON M'A EXPLIQUÉ QUE CELA NE SERVAIT À RIEN SI JE N'ÉTAIS PAS DOCTEUR.
TU VEUX ÊTRE DOCTEUR ?
JE VEUX JUSTE QU'ON ARRÊTE DE S'INQUIÉTER POUR MOI.

MÊME SI MON FRÈRE EST ASSURÉ DE PORTER LA COURONNE,
TOUT LE MONDE A PEUR QUE JE DEVIENNE QUELQU'UN DE MAUVAIS.
TU VEUX ALLER DANS LES JARDINS ?
C'EST PLUS AMUSANT, DEHORS.
À MOINS QUE CE LIVRE NE SOIT VRAIMENT TRÈS INTÉRESSANT ?
...
C'EST AMUSANT, JE SUIS PLUS GRAND QUE TOI ALORS QUE TU ES PLUS ÂGÉ.
D'UN AN SEULEMENT.
ON VA JOUER DEHORS ?
OU TU PRÉFÈRES LIRE ?

MON GRAND FRÈRE EST QUELQU'UN DE TRÈS GENTIL,
MAIS ON M'A DIT QUE JE DEVAIS ENTRER DANS SES BONNES GRÂCES, PARCE QU'IL POUVAIT SE MONTRER TERRIFIANT.
MALHEUREU-SEMENT, TOUT COMME MON ONCLE, LUCAS A UNE SANTÉ TRÈS FRAGILE.
TU AURAS ONZE ANS CETTE ANNÉE, N'EST-CE PAS ?
OUI, GRAND FRÈRE.
ON DIT QUE JE NE DOIS PAS PARAÎTRE TROP INTELLIGENT.
J'ESPÈRE QUE VOUS VOUS ENTENDREZ BIEN.
BIEN SÛR !
QUE SI JE DIS VOULOIR ÊTRE ROI, DE TERRIBLES CHOSES ARRIVERONT.
JE SUIS HEUREUX DE POUVOIR ME FAIRE UN NOUVEL AMI.
J'HABITAIS DANS LE PALAIS ROYAL DE TANCE.

...
LUCAS EST UN GARÇON ?
ENCORE CETTE QUESTION.
JE COMMENCE À AVOIR L'HABITUDE.
HA HA HA.
LUCAS EST UN JEUNE GARÇON, TOUT COMME VOUS, VOTRE MAJESTÉ.
SI QUELQUE CHOSE DEVAIT M'ARRIVER, IL SERAIT LE PROCHAIN ROI DE TANCE.
IL SERA LES AILES QUI PORTERONT NOTRE ROYAUME, UN JOUR.
ET LA MÊME RÉPONSE DE MON GRAND FRÈRE, ENCORE.
HAA
OUI...
IL A TOUJOURS ÉTÉ DOUÉ AVEC LES MOTS.

QUAND JE T'AI RENCONTRÉ LA PREMIÈRE FOIS, TU ÉTAIS DÉJÀ ROI.
ALLEZ, LUCAS, PRÉSENTE-TOI.
VEUILLEZ L'EXCUSER,
COMME VOUS POUVEZ LE VOIR, IL EST TIMIDE.
QUEL ÂGE AVEZ-VOUS, ROI CHRIS ?
IL AURA DIX ANS CETTE ANNÉE.
PAS VRAI ?

BARBARITIES
Chapitre 13

LE JOUR VA SE LEVER.
VOTRE ASSISTANT EST DÉJÀ RENTRÉ. NOUS L'AVONS RACCOMPAGNÉ.
Olivier ? Tu es un homme ?
C'est un problème ?
AH, MERCI.
TU SAIS, ADAM,
IL EST RESTÉ AUPRÈS DE TOI TOUT LE TEMPS OÙ TU ÉTAIS INCONSCIENT.
MAINTENANT, ARRÊTE DE CRÉER DES ENNUIS ET VA TE REPOSER.
Quelle plaie...
AH !
Attendez...
COMMENT VOUS ME PARLEZ ?
MAIS VOUS M'AVEZ DROGUÉ ?!
N'y pense plus.
ADAM, ON RENTRE.
J'ARRIVE, JOËL !
Ah ! Mettez des vêtements !

ARGH
FLAP
ACCEPTEZ OU JE NE VOUS LÂCHE PAS !
J'AI COMPRIS ! C'EST BON !
OUBLIONS CE QUI S'EST PASSÉ !
!
PAS BESOIN DE ME CONTRAINDRE.
JE PENSE LA MÊME CHOSE.
VOUS ÊTES EFFRAYANT QUAND VOUS PARLEZ SI SÉRIEUSEMENT.
PARDON ?
Vous me trouvez effrayant ?
TAP
Reculez !
HÉ, ADAM.
NE HARCÈLE PAS NOTRE PATRON, VEUX-TU ?
Eh bien...
OLIVIER, TU VIENS DE GÂCHER LA FÊTE.

GNIII
...
Est-ce qu'ils m'écoutent ?
SI JE VOUS LÂCHE, ME PARDONNEREZ-VOUS ?
DE QUOI ?
DE VOUS AIMER !
JE N'AI PAS BESOIN D'UN AMANT !
VOUS ÊTES SI CRUEL.
JE NE SAIS PLUS QUI JE SUIS.
...
JE NE VEUX PLUS QU'ON SE DISPUTE.
...

!
QUE...
DÉSOLÉ, MAIS JE NE VEUX PAS D'UN SIMPLE AMI.
JE VOUS AIME, JOËL !
QUOI ?!
SWOUSH
À L'AIDE ! LISZT ! OLIVIA ! JE SAIS QUE VOUS POUVEZ M'ENTENDRE !
EH BIEN...
LEQUEL DES DEUX NOUS A ENGAGÉS, DÉJÀ ?

C'EST BEAUCOUP D'ARGENT.
CELA VEUT DIRE QUE J'AI RETROUVÉ VOTRE CONFIANCE ?
VOUS NE L'AVIEZ JAMAIS PERDUE.
C'EST SIMPLEMENT QUE NOUS NE POUVONS PAS ÊTRE AMIS.
...
JE N'ARRIVE PAS À ME LEVER.
AIDEZ-MOI, JOËL.
QU'EST-CE QUI NE VA PAS ?

VOYEZ CELA COMME UN INVESTISSE-MENT.
JE N'AVAIS PAS BESOIN QUE VOUS PAYIEZ POUR MOI.
...
JE SUIS JUGE DU TRIBUNAL ET MEMBRE DU CONSEIL DEPUIS PLUS DE 20 ANS.
PENSIEZ-VOUS QUE JE FAISAIS DU BÉNÉVOLAT ?
NON, EN EFFET.
VOILÀ.
ET JE N'ÉTAIS PAS DU GENRE DÉPENSIER
JUSQU'À CE SOIR.
JOËL.
HAA...

QUELLE JOIE
QUE DE VOUS AVOIR À MES CÔTÉS À MON RÉVEIL.
...
JE VOUS AI ACHETÉ POUR 12 000 BILLETS.
LA MÉMOIRE VOUS REVIENT ?
OUI...
SERRE
EUH...
CELA SIGNIFIE-T-IL QUE JE VOUS APPARTIENS, DÉSORMAIS ?
NON ! Ne vous faites pas des idées.

...
?
TIENS ?
JOËL ?
VOUS VOUS RÉVEILLEZ ENFIN.
JE ME SUIS PERMIS DE RETIRER VOS AILES.
LA PERRUQUE AUSSI.
ELLE ÉTAIT VRAIMENT LONGUE.
JE SUIS EN PLEIN RÊVE ?

DOOOM
HAAA...
JE N'AI PAS LE CHOIX, ON DIRAIT.
JE SUPPOSE QUE JE PEUX SURENCHÉRIR.

7000 !
7300 !
7500 !
8000 !
Cela devient ridicule.
PRENEZ GARDE À CES DEUX-LÀ.
LE MARI ET LES AMANTS DE CETTE DAME ONT TOUS DISPARU.
QUANT AU GENTLEMAN EN FACE, IL AURAIT UN SOMBRE PENCHANT POUR LA TORTURE.
8100 !
8200 !
10 000 !

HM ?
JE VOUS AI RENSEIGNÉ, NON ?
JE MÉRITE BIEN QUELQUE CHOSE.
VOUS POUVEZ L'ACHETER, MAIS
ADAM A AFFIRMÉ QU'IL NOUS REMBOURSERAIT EN UNE NUIT.
QUOI ?!
CE QU'IL PEUT ÊTRE STUPIDE...
MI-SÈRE.
C'EST BIEN VRAI.
TOUTEFOIS, MA FEMME CRAIGNAIT QU'IL NE CHANGE D'AVIS,
ALORS IL A ÉTÉ DROGUÉ.
SÉRIEUSE-MENT ?!
BIEN, QUI REMPORTERA CETTE ENCHÈRE !
VOUS, MADAME ? MONSIEUR, PEUT-ÊTRE ?
PSST PSST
QUI DE VOUS DEUX ACHÈTERA SA LIBERTÉ ?
LES ENCHÈRES ONT DÉJÀ ATTEINT DES SOMMETS !
BLA BLA

CET ADAM EST VRAIMENT TRÈS INTÉRESSANT.
LE MANQUE D'ALLIÉS À VOS CÔTÉS L'INQUIÉTAIT,
IL SOUHAITAIT DONC S'ENTOURER DE PLUS DE MONDE POUR VOUS PROTÉGER.
ET MOI QUI PENSAIS...
QUE CELA L'INDIFFÉRAIT.
BIEN, PARLONS ARGENT, MAINTENANT.

RETROUVER LA PERSONNE QUI VOUS MENACE SERAIT UN JEU D'ENFANT POUR NOUS.
C'EST NOUS QUI AVONS ENVOYÉ LES INVITATIONS POUR L'ATTIRER ICI.
MAIS DE LÀ À PENSER QUE VOUS VIENDRIEZ VOUS-MÊME...
HA HA HA
TOUT CELA POUR MASQUER UNE ENQUÊTE ?
QUI SONT LES RES-PONSABLES, DANS CE CAS ?
DU CALME, VOYONS.
TOUT VOUS SERA RÉVÉLÉ UNE FOIS LA SOIRÉE TERMINÉE.
CEPENDANT, VOTRE COUPABLE POURRAIT ÊTRE LE MAILLON D'UNE PLUS GRANDE CHAÎNE.
ADAM A FAIT EN SORTE QU'IL VOUS SOIT LIVRÉ,
BIEN QU'IL NE SOIT PAS VRAIMENT ENTHOUSIASTE À L'IDÉE QUE MOI ET MA FEMME TRAVAILLIONS POUR VOUS.

FSH
!
INFILTRATION, INVESTIGATIONS À L'ÉTRANGER,
EMPLOYÉ, FEMME DE MÉNAGE, GARDE DU CORPS, PEU IMPORTE LE DÉGUISEMENT.
QUI ÊTES-VOUS ?
FLAP
LE VAGABOND CHARGÉ DE CE PETIT BANQUET.
MOI ET MES AMIS SOMMES TOUS DES PARIAS.
ALORS C'EST VOUS, L'ORGANISATEUR.
LISZT, POUR VOUS SERVIR.
J'AI L'AIR D'AVOIR PIQUÉ VOTRE CURIOSITÉ.
CETTE RÉCEPTION EST PLUTÔT RÉUSSIE, NON ?
NOUS SOMMES SPÉCIALISÉS DANS LA COLLECTE D'INFORMATIONS.

…
CELA NE M'INTÉRESSE PAS.
HA HA HA !
VOUS DITES CELA APRÈS ÊTRE VENU JUSQU'ICI ?
PUISQUE VOUS N'ÊTES PAS LÀ DE VOTRE PLEIN GRÉ,
J'EN DÉDUIS QU'IL VOUS A LUI-MÊME DONNÉ UNE PIÈCE.
ET ALORS ?
JE VOIS. C'EST DONC DE VOUS QU'ADAM PARLAIT.
JE NE VOUS IMAGINAIS PAS AINSI.
QU'ENTEN-DEZ-VOUS PAR LÀ ?
RIEN DU TOUT.
JE DÉSIRAIS SIMPLEMENT VOUS PARLER EN PERSONNE.
ADAM M'AVAIT DIT QU'IL NOUS PRÉSENTERAIT,
MAIS VOILÀ CHOSE FAITE, DÉSORMAIS.
SERIEZ-VOUS INTÉRESSÉ PAR MES SERVICES ?
PAR-DON ?

50
100!
300!
500!
FRANCHEMENT, ÊTRE TRAITÉ COMME UN OBJET...
ENFIN, CONNAISSANT ADAM, C'EST SÛREMENT LUI QUI LES A APPROCHÉS.
JE SAVAIS QU'IL N'ÉTAIT PAS ÉTRANGER À CE GENRE DE SPECTACLES,
MAIS LE VOIR AINSI...
POURQUOI BAISSE-T-IL LA TÊTE ?
VOUS PORTEZ UN TISSU REMARQUABLE.
POURQUOI HÉSITER ? CE N'EST PAS L'ARGENT QUI VOUS MANQUE.
N'ALLEZ-VOUS PAS ENCHÉRIR ?

BLA BLA
QUI EST-CE ?
QU'IL EST BEAU !
Heden existe vraiment ?
J'AI L'IMPRESSION DE L'AVOIR DÉJÀ VU.
ON DIRAIT QU'IL VIENT D'UN AUTRE MONDE.
Où se trouve Harplien ?
QUE SE PASSE-T-IL SI ON LE GAGNE ?
ON PEUT LE LIBÉRER ?
BLA BLA
LES RÈGLES SONT ON NE PEUT PLUS SIMPLES.
L'ENCHÈRE LA PLUS HAUTE L'EMPORTERA.
SACHEZ QU'IL EST LA PIÈCE MAÎTRESSE DE CETTE SOIRÉE !
BLA BLA
BIEN ! QUE LES ENCHÈRES COMMENCENT !
...

BARBARITIES
Chapitre 12

SWOUSH
ADMIREZ CE MAGNIFIQUE SPÉCIMEN.
UN PAUVRE PETIT OISEAU SOLITAIRE CAPTURÉ DANS LES MONTAGNES D'HEDEN.
BLA BLA BLA
QUI, PARMI VOUS, LE SORTIRA DE SA CAGE ?
TU PARLES D'UN PAUVRE OISEAU.
MAZETTE !

BAH, PEU IMPORTE.
CE N'EST PAS COMME S'IL ALLAIT ACHETER QUELQU'UN.
BLA
BLA
MESDAMES ET MESSIEURS.
BIENVENUE À NOTRE TOUTE PREMIÈRE ENCHÈRE ICI EN LORRAINE,
J'ESPÈRE QUE VOUS Y TROUVEREZ VOTRE BONHEUR.
NOTRE SÉLECTION DE CE SOIR EST DE TOUTE PREMIÈRE QUALITÉ ET NOUS VIENT DES TERRES DU NORD, À HARPLIEN.
ICI, TOUS VOS DÉSIRS DEVIENDRONT RÉALITÉ.

LE PROPRIÉTAIRE DU MANOIR GODFREY EST LÀ, LUI AUSSI.
IL AGIT COMME UN INVITÉ NORMAL.
C'EST BIEN LE GENRE À PRÊTER SON MANOIR TANT QU'ON Y MET LE PRIX.
JE SUPPOSE QUE LA FEMME QUE J'AI RENCONTRÉE ÉTAIT L'ORGANISA-TRICE.
À MOINS QUE CE NE SOIT SON MARI...
AH !
LA VOICI ! LA PORTE VERTE !
HEIN ?
Verte ?
BIEN, SUR CE,
JE VAIS ENQUÊTER !
AH !
UNE MINUTE !
MONSIEUR !
VOUS DEVEZ VOUS RENDRE À LA PORTE BLEUE !
IL S'AGIT DE LA PORTE TOUT AU FOND.

TU ÉTAIS LÀ ?
OUI... TOUT EST TELLEMENT ÉTRANGE, ICI,
MAIS JE COMMENCE À COMPRENDRE.
ABSOLUMENT TOUT EST À VENDRE.
L'ORCHESTRE, LES INSTRU-MENTS, LES MUSICIENS,
LES PERSONNES EN CAGE ET TOUT CE QU'ELLES PORTENT.
MÊME CES HOMMES COSTAUDS AVEC LEURS ARMES.
LES TRANSACTIONS S'EFFECTUENT AVEC CES PIÈCES QUI CORRESPONDENT CHACUNE À UNE SALLE D'ENCHÈRE.
J'EN AI REÇU ÉGALEMENT.
...
JE VOIS.
LA PORTE BLEUE.
QU'EST-CE QUE TU COMPTES ACHETER ?
UN STYLO TRÈS RARE QUI POSSÈDE UNE RÉSERVE D'ENCRE !
...
Il ne change pas.

JOËL ?
はっ
BOBOM
...
VOUS ÊTES BIEN MIEUX DANS CETTE CAGE !
AU MOINS, VOUS ÊTES INOFFENSIF !
JE NE COMPRENDS PAS.
Sans-cœur !
ON NE S'ÉTAIT PAS PARLÉ DE CETTE FAÇON DEPUIS UN MOMENT.
IL AGIT COMME SI RIEN NE S'ÉTAIT PASSÉ.
MESSIRE JOËL !

AH...
ON DEVRAIT ÉVITER D'ATTIRER L'ATTEN-TION.
HMPF
HMPF
VOUS ÊTES À LA RECHERCHE DE L'ORGANISATEUR, N'EST-CE PAS ?
IL SEMBLERAIT QUE NOUS AYONS LE MÊME OBJECTIF.
PRENEZ CETTE PIÈCE ET REJOIGNEZ LA PORTE BLEUE.
VOUS Y TROUVEREZ LE MOYEN DE ME SAUVER.

CELA VOUS AMUSE, ON DIRAIT.
FUH FUH FUH.
IL A DÉJÀ OUBLIÉ NOTRE PREMIÈRE RENCONTRE.
C'ÉTAIT DANS UNE PETITE SAUTERIE COMME CELLE-LÀ.
IL A DU CRAN POUR ÊTRE VENU JUSQU'ICI.
POURQUOI ME DÉVISAGEZ-VOUS AINSI ?
VOUS ME METTEZ MAL À L'AISE !
MOI ?
ALORS QUE JE SUIS L'INCARNATION DE LA BEAUTÉ ?

MADAME OLIVIA, VOTRE MARI VOUS DEMANDE.
J'ARRIVE TOUT DE SUITE.
SUR CE, PROFITEZ BIEN DE MA PETITE SOIRÉE.
DIDIER ?
HA HA HA.
IL ME FALLAIT ÊTRE CRÉATIF POUR OBTENIR PLUS D'INFORMATIONS.
PAR CONTRE,
JE N'AURAIS JAMAIS PENSÉ VOUS TROUVER DANS UN TEL ENDROIT.
...

HI!
CE PETIT OISEAU SERA À VOUS UNE FOIS QUE VOUS L'AUREZ ACHETÉ.
C'EST LUI QUI M'A ADRESSÉ LA PAROLE.
DÉSOLÉ, JE M'ENNUYAIS.
C'EST TRÈS VILAIN, DIDIER.
NE GÂCHE PAS TON AURA MYSTÉRIEUSE EN PARLANT.
COMPRIS ?
BONNE CHANCE POUR LE FAIRE TAIRE.
HA HA

Tiens, tiens...
VOTRE VISAGE NE M'EST PAS INCONNU. NOUS NOUS CONNAISSONS ?
ぬ...どよ...
!!!!!!
Ah ?
Je le connais, non ?
QU'EST-CE QUE VOUS FABRIQUEZ ICI ?!
SANS VOIX
HA HA HA ! EH BIEN, C'EST DÉJÀ UN MIRACLE
QUE JE VOUS COMPRENNE.
VEUILLEZ RECULER, CHER CLIENT.

MMMGH
MMMMH !
C'EST PLUS DUR QUE CE QUE J'IMAGINAIS.
FLAP
OH ?

UNE IMMENSE CAGE À OISEAUX !
CE DOIT ÊTRE LE CLOU DU SPECTACLE.
PFOUAAAH
ふぁ〜

J'AI L'IMPRESSION QUE CE N'EST PAS UN SIMPLE BANQUET, MAIS UNE VENTE AUX ENCHÈRES.
ILS DOIVENT VENDRE LES BIJOUX ET PROBABLE-MENT LES MODÈLES QUI LES PORTENT.
OUAAAH
COMMENT ?!
NÉANMOINS, J'IGNORE S'IL S'AGIT DE TRANSACTIONS TEMPORAIRES OU PERMA-NENTES.
CE PAYS A BIEN CHANGÉ.
DES PARURES ET DES PIERRES PRÉCIEUSES DE GRANDE QUALITÉ, PRODUITES PAR NOS ARTISANS,
DESTINÉES À FINIR DANS LES MAINS D'ÉTRANGERS EXCENTRIQUES.
L'ORGANISATEUR SAIT CE QU'IL FAIT.
IL DOIT AVOIR DES RELATIONS À L'ÉTRANGER.
REGARDEZ, LÀ-BAS!

BLA
BLA
BLA
BLA
ET MOI QUI PENSAIS QUE LA LORRAINE N'ÉTAIT QU'UN PETIT TERRITOIRE RURAL.
JE SUIS SURPRIS QU'ON Y TROUVE DE TELS BANQUETS.
EN EFFET.
HA
HA
HA

BLA
BLA
BLA
OUAH !
C'EST VRAIMENT BRUYANT.
QUEL ORCHESTRE !
BLA
BLA
...
BLA
BLA

MESSIRE SARI
ET VOTRE SERVANT ?
HMM
AH ? HUM, OUI.
TOUT EST EN ORDRE, BONNE SOIRÉE.
MERCI.
C'ÉTAIT MON INVITATION, À LA BASE.
NE T'EN FAIS PAS.
VEUILLEZ LAISSER VOS MANTEAUX ICI
AINSI QUE TOUTE ARME ÉVENTUELLE.
Ai-je l'air d'un servant ?
C'est sûrement parce qu'il porte de la haute couture.
GRML
GRML
CETTE SOIRÉE NE ME DIT RIEN QUI VAILLE.
PAR-DON ?
S'IL FAUT SE SÉPARER DE SON ARME POUR ENTRER, CELA DOIT SIGNIFIER QUE CET ÉVÉNEMENT PEUT MAL TOURNER À TOUT MOMENT.
CLAC

CLAC
CLAC
CLAC
VEUILLEZ PARDONNER MON RETARD.
J'AI UNE INVITATION.
EST-IL TOUJOURS POSSIBLE D'ENTRER ?

BARBARITIES
Chapitre 11

IL S'AGIT D'UNE INVITATION
POUR UNE RÉCEPTION QUI A LIEU CE SOIR.
NOUS PENSIONS NOUS Y RENDRE,
MAIS NOUS NE SOMMES QUE DES ÉTUDIANTS.
On ne nous laissera pas entrer.
SNIFF
しゅーん
C'EST PLUS SAGE AINSI, EN EFFET.
UNE SOIRÉE AU MANOIR DES GODFREY...
C'EST L'OCCASION DE TROUVER L'AUTEUR DES LETTRES !
ON NE PEUT PAS LAISSER PASSER CETTE CHANCE !
...

J'OUBLIE TOUJOURS MON DÉGUISEMENT.
VEUILLEZ M'EXCUSER, JE SUIS SON NEVEU, JOËL.
MON ONCLE EST OCCUPÉ ET M'A ENVOYÉ À SA PLACE.
AH ! JE SUIS DÉSOLÉ.
J'AI ENTENDU PARLER DE VOUS.
Ah bon ?
HUM... COMMENT DIRE ? JE VIENS D'UNE FAMILLE DE COMMERÇANTS
ET NOUS AVONS UN RÉSEAU ASSEZ IMPORTANT.
EUH... ET DONC,
CECI EST ARRIVÉ CHEZ NOUS.
UNE LETTRE ?
OUI, NOUS ÉTIONS EN TRAIN D'ANALYSER LA LETTRE DE MENACES REÇUE PAR LE SEIGNEUR MONTAGU.
OUI, IL M'EN A INFORMÉ.
L'ENCRE ET LE PAPIER SONT IDENTIQUES.
CE NE PEUT ÊTRE UNE COÏNCIDENCE.
ASSURÉMENT.

QUE SE PASSE-T-IL ?
VOUS AVEZ UN VISITEUR.
QUI EST-CE ?
IL DIT ÊTRE UN MEMBRE DU CONSEIL
ET AVOIR UN MESSAGE URGENT POUR VOUS.
?
TRÈS BIEN, CONDUISEZ-LE AU SALON.
DÉSOLÉ DE VOUS AVOIR FAIT ATTENDRE.
QUE VOULIEZ-VOUS ME DIRE ?
TIENS, C'EST LE PASSIONNÉ DE PAPETERIE.
?
HUM... QUI ÊTES-VOUS ?
J'AI DEMANDÉ À VOIR LE SEIGNEUR MONTAGU.
AH...

QU'EST-CE QUI NOUS LIE, VOUS ET MOI ?
PEUT-ÊTRE QUE LE TEMPS NOUS LE DIRA.
JE L'ESPÈRE, EN TOUT CAS.
TOC TOC
SEIGNEUR MONTAGU,
AURIEZ-VOUS UN MOMENT ?
OUI, ENTREZ.

...
SI L'ON POUVAIT SE PARLER EN TOUTE HONNÊTETÉ,
ON POURRAIT SE COMPRENDRE.
RLL RLL RLL
ADAM...

FLAP
HAAA…
FRANCHEMENT…
QUELQUE CHOSE VOUS TRACASSE, SEIGNEUR MONTAGU ?
CE N'EST RIEN, JE PENSE AU TRAVAIL.
CELA IRA POUR L'INSTANT, VOUS POUVEZ DISPOSER.
BIEN, SEIGNEUR.
FSH FSH
ON SERAIT PLUS EFFICACES SI L'ON COOPÉRAIT.
POURQUOI A-T-IL RÉAGI AINSI ?
C'EST COMME S'IL ME PRENAIT POUR UN BON À RIEN.

COMMENT EN SOMMES-NOUS ARRIVÉS LÀ ?

VSH !
VOUS POUVEZ DISPOSER DE CETTE SALLE.
VOUS DEVREZ ME FAIRE VOTRE RAPPORT DEMAIN, ALORS SOYEZ À L'HEURE.
EST-CE DANS VOS CORDES ?
BIEN SÛR. RENTRONS, MAINTENANT.
OUI, OUI !
TAP
TAP
CETTE FROIDEUR...
C'EST COMME SI UN MUR S'ÉTAIT DRESSÉ ENTRE NOUS.

...
JE PENSAIS
QUE VOUS VOULIEZ EN FINIR AU PLUS VITE !
HMM
...
TRÈS BIEN, JE VOUS LAISSE VOUS EN CHARGER.

JE VOUS AVAIS POURTANT DIT QUE JE ME CHARGERAIS DE CETTE ENQUÊTE, NON ?
ILS RISQUENT DE LAISSER LEUR PASSION EMPIÉTER SUR LEUR TRAVAIL.
PARDON ?
CEPENDANT, CELA RISQUE D'ÊTRE PROBLÉMATIQUE SI VOUS LES EXCITEZ TROP.
JE NE VOIS PAS DE QUOI VOUS PARLEZ.
C'EST CENSÉ ÊTRE MON TRAVAIL.
J'AVAIS PRÉVU DE VOUS FAIRE UN RAPPORT COMPLET.
J'EN SUIS PARFAITEMENT CONSCIENT.
HMPF
ILS SONT SI FRAGILES, À CET ÂGE. QUE FEREZ-VOUS S'IL LEUR ARRIVE QUELQUE CHOSE ?
CETTE HISTOIRE RELÈVE DE MA RESPONSABILITÉ, LAISSEZ-MOI M'EN OCCUPER.
IL SERAIT ENNUYEUX D'ÊTRE INDUIT EN ERREUR PAR DES AMATEURS.

BIEN,
JE PENSE QUE CELA SUFFIRA POUR AUJOURD'HUI.
SOYEZ PRUDENTS EN RENTRANT CHEZ VOUS.
OUI !
DÉSOLÉ DE VOUS IMPLIQUER DANS CETTE AFFAIRE. MERCI À TOUS.
HÉ HÉ
HAHA !
HAHA !
VOUS ÊTES DOUÉ.
JE VOUS DEMANDE PARDON ?
J'ÉTAIS VENU VOUS ESCORTER, MAIS VOUS SEMBLIEZ VOUS AMUSER.
VOUS SAVEZ MOTIVER CES JEUNES ASSISTANTS À FAIRE LEUR TRAVAIL.

LE PAPIER PROVIENT D'UNE BOUTIQUE APPELÉE EÏDAR, SITUÉE SUR L'AVENUE GRANT.
LA COULEUR ET LA TEXTURE SONT CARACTÉRISTIQUES DE CE FOURNISSEUR.
BLA BLA BLA
QUANT À L'ENCRE, ON NE LA TROUVE QUE CHEZ STANFORD, SUR LA RUE FOLK.
IL EXISTE DONC VRAIMENT DES FANATIQUES DE PAPETERIE.
On devrait aller voir sur place.
TU ES SÛR DE TOI ?
JE SERAIS INCAPABLE DE FAIRE LA DIFFÉRENCE.
BON TRAVAIL.
ALLEZ VÉRIFIER AUPRÈS DES BOUTIQUES EN QUESTION.
AH!
BIEN, SEIGNEUR !
SEIGNEUR MONTAGU. AVEC VOTRE PERMISSION, J'AIMERAIS ANALYSER L'ÉCRITURE DES LETTRES.
POURQUOI PAS, MAIS PENSEZ-VOUS AVOIR LE TEMPS ?
CE N'EST PAS UN PROBLÈME ! LAISSEZ-MOI M'EN OCCUPER.

JE DEVRAIS ÊTRE FLATTÉ QU'IL ME CONSIDÈRE COMME SON AMI,
SNIFF
HAAA...
MAIS SI MES SENTIMENTS CONTINUENT DE GRANDIR, CELA RISQUE D'ÊTRE COMPLIQUÉ.
SI CE N'ÉTAIT PAS LUI, CELA NE M'AFFECTERAIT PAS AUTANT.
JE VOIS.
C'EST DONC CELA QU'ON RESSENT QUAND ON A LE CŒUR BRISÉ.
ざわ
BLA
ざわ
BLA

FAIRE LA PAIX ?
OUI ! VOUS PLOMBEZ LE MORAL DE TOUT LE MONDE DANS CET ÉTAT.
VOTRE VITALITÉ HABITUELLE NOUS MANQUE.
…
ON VIENT DE ME BRISER LE CŒUR, JE NE SAIS PLUS OÙ J'EN SUIS.
DE QUELLE VITALITÉ PARLEZ-VOUS ?
BRR
BRR
AH !
JE… VEUILLEZ M'EXCUSER ! OUBLIEZ CE QUE J'AI DIT !
Il n'a pas l'habitude qu'on le jette.
FAIRE LA PAIX…
CE N'EST PAS COMME SI L'ON S'ÉTAIT VRAIMENT DISPUTÉS.
Psst Psst
HAAA…
On ferait mieux de se taire.
SCRONCH
SCRONCH
SCRONCH
SCRONCH

D'ACCORD.
CEPENDANT, JE SUIS UN PEU PERDU.
Cela te pose un problème ?!
Tu es un vrai fan.
CELA ME SEMBLE SUSPECT.
JE LUI AI DÉJÀ DIT QUE JE M'EN OCCUPAIS, ALORS POURQUOI FAIT-IL CELA ?
HA HA HA... C'EST VRAI.
PEUT-ÊTRE QU'IL NE NOUS FAIT PAS CONFIANCE.
PFFF !
ARGH!!
JE PLAISANTAIS, CAPITAINE !
HÉ ! EXCUSE-TOI !
...
QUOI ?
HUM... PARDON !
IL PLEURE VRAIMENT.
Quel grand susceptible.
DÉSOLÉ, CAPITAINE !
CELA VOUS AMUSE DE ME FAIRE PLEURER ?
COMPTEZ-VOUS BIENTÔT FAIRE LA PAIX AVEC LE SEIGNEUR MONTAGU ?

TIENS ?
C'EST BIEN BRUYANT, AUJOURD'HUI.
BLA ざわ
BLA ざわ
LE SEIGNEUR MONTAGU A RÉUNI TOUTE L'AIDE DISPONIBLE POUR ENQUÊTER SUR LES LETTRES.
ILS EN PROFITENT TOUS POUR SE FAIRE BIEN VOIR.
HM ?
N'est-ce pas nous qui devions enquêter ?
VOUS SAVEZ, ILS ESSAIENT TOUS D'ÊTRE DANS SES PETITS PAPIERS.
ILS TRAVAILLENT TOUS AU DÉPARTEMENT JUDICIAIRE, APRÈS TOUT.
TIENS DONC ?
IL EST SI POPULAIRE ?
OUI !
NON SEULEMENT IL EST INSENSIBLE AUX FLATTERIES ET À LA CORRUPTION,
MAIS IL EST ÉGALEMENT IMPARTIAL ET SAIT RECONNAÎTRE LA VALEUR DE QUELQU'UN SANS LE JUGER SUR SON RANG !
GRÂCE À LUI, DE NOMBREUX CITOYENS ORDINAIRES ONT PU MONTER EN GRADE GRÂCE À LEURS MÉRITES.
IL PEUT AVOIR L'AIR DÉTACHÉ, MAIS IL SE SOUCIE DES AUTRES !

IL VEUT SÛREMENT EN FINIR RAPIDEMENT POUR RETOURNER CHEZ LUI, AU XEHANA.
CE TRAVAIL N'EST QU'UNE CORVÉE POUR LUI.
S'IL VOUS PLAÎT, J'AI BESOIN D'AIDE !
VLAM
OUI, SEIGNEUR ! QUE POUVONS-NOUS FAIRE ?
MON GARDE DU CORPS ENQUÊTE SUR LES MENACES QUE J'AI REÇUES.
J'AIMERAIS L'ASSISTER, ALORS J'AURAIS BESOIN DE TOUS CEUX DISPONIBLES POUR M'AIDER.
BIEN, SEIGNEUR !
Y A-T-IL UNE SALLE DE LIBRE ?
J'AIMERAIS AUSSI PARLER DES HÉRÉTIQUES.
APPORTEZ LE RAPPORT CONCERNANT L'INCENDIE.
BIEN !
Je vais vous aider !
Moi aussi !

CES LETTRES DE MENACES...
EN Y RÉFLÉCHISSANT, CELA NE M'ÉTONNE PAS VRAIMENT.
ELLES M'ORDONNENT SIMPLEMENT DE DÉMISSIONNER.
JE PENSAIS QUE C'ÉTAIT EN LIEN AVEC L'AFFAIRE DE CORRUPTION DU MARQUIS QU'ON A ARRÊTÉ,
MAIS LES LETTRES CONTINUENT D'AFFLUER ALORS QUE L'AFFAIRE A ÉTÉ CLASSÉE.
SANS PARLER DE L'ATTAQUE DE LA DERNIÈRE FOIS.
ET L'ON IGNORE ENCORE QUELS SONT LEURS OBJECTIFS.
HAAA...
ADAM...
JE COMMENCE À COMPRENDRE SON ATTITUDE.

HMM
JE NE SAIS PAS CE QUI VOUS EFFRAIE, MAIS
JE VOUS ASSURE QUE PERSONNE NE S'EST PLAINT DE MES MÉTHODES.
BOBOM!
N'AYEZ AUCUNE INQUIÉTUDE.
SUR CE, JE VAIS ME RETIRER.
BIEN.
TAP
TAP
...
HAA...
ADAM EST PLUS DISTANT QUE D'HABITUDE.
IL A L'AIR FROID ET ENNUYÉ.
Est-ce là sa vraie personnalité ?

EN EFFET,
J'AI ÉTÉ NAÏF DE PENSER QU'ILS NOUS REMETTRAIENT SIMPLEMENT LES LETTRES.
DANS CE CAS, JE CONTINUERAI MON ENQUÊTE DE MON CÔTÉ.
SI JAMAIS J'ARRIVE À PERSUADER QUELQU'UN DE ME REMETTRE SA LETTRE,
ME LAISSEREZ-VOUS LES COMPARER À CELLES QUE VOUS AVEZ REÇUES ?
JE N'Y VOIS PAS D'INCONVÉNIENTS, MAIS...
JE REDOUTE QUELQUE PEU
VOS MÉTHODES DE « PERSUASIONS ».
NE VOUS INQUIÉTEZ PAS POUR CELA.
SI VOUS LE DITES.
Qu'est-ce qu'il manigance ?

D'AUTRES PERSONNES HAUT PLACÉES, COMME LE CARDINAL BRANDON ET UN MEMBRE DU CONSEIL PRIVÉ, ONT ÉGALEMENT ÉTÉ MENACÉES
ET CE NE SONT PROBABLEMENT PAS LES SEULES.
LA LORRAINE N'EST PAS UN PAYS IMMENSE.
EN ANALYSANT L'ORIGINE DE L'ENCRE ET DU PAPIER ET LE STYLE D'ÉCRITURE, ON POURRAIT IDENTIFIER L'AUTEUR DES LETTRES.
...
C'EST UNE BONNE IDÉE, MAIS...
SI CES LETTRES CONTIENNENT DES INFOR-MATIONS SENSIBLES,
JE VOIS MAL LEURS DESTINATAIRES COOPÉRER GENTIMENT.
LE CARDINAL BRANDON POURRAIT LES FORCER À LE FAIRE.
CE N'EST PAS SI SIMPLE.
ILS PEUVENT SIMPLEMENT NIER AVOIR REÇU CES LETTRES.
ET JE DOUTE QUE LE CARDINAL COLLABORE SANS DISCUTER.

VOUS VOULEZ RASSEMBLER...
TOUTES LES LETTRES DE MENACES ?
VOUS PARLEZ DE CELLES QUE D'AUTRES ONT REÇUES ?
EXACTEMENT.
NOTRE ENQUÊTE A RÉVÉLÉ QUE VOUS N'ÉTIEZ PAS LE SEUL À RECEVOIR CES LETTRES.

UN HOMME QUI ÉTAIT SON OPPOSÉ, AUSSI COINCÉ QU'OBSTINÉ.

IL ÉTAIT UNE FOIS, DANS UN MONDE BIEN DIFFÉRENT DU NÔTRE,
Lorraine
UN HOMME D'UNE RARE ET IRRÉELLE BEAUTÉ ARROGANTE QUI FIT SON ENTRÉE DANS UN PETIT ROYAUME.
CET HOMME SAVAIT APPRÉCIER LA COMPAGNIE DES FEMMES COMME CELLE DES HOMMES.
PROFITANT CHAQUE JOUR DES PLAISIRS DE LA VIE, IL PENSAIT SON OISIVETÉ HÉDONISTE ÉTERNELLE.
CEPENDANT, SON MONDE S'ÉCROULA LORSQU'IL TOMBA AMOUREUX.
ESSUYANT DE MULTIPLES REFUS, IL TENTA MALGRÉ TOUT ENCORE ET ENCORE DE CONQUÉRIR CELUI QUI AVAIT VOLÉ SON CŒUR,
BARBARITIES
Chapitre 10

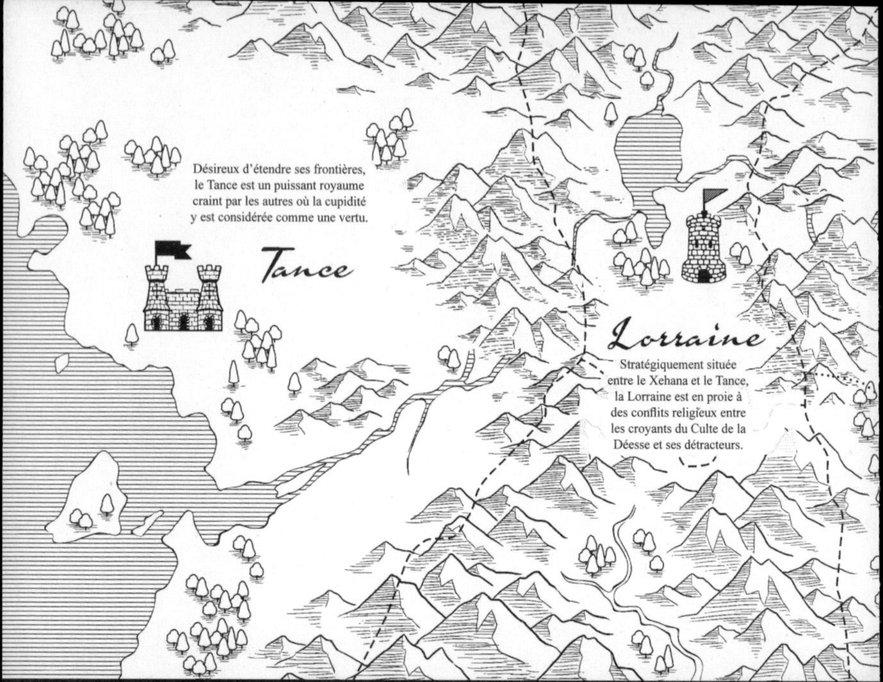

Paul

Valet au service d'Adam. Bien qu'il paraisse exaspéré par son maître, il est la personne qui le connaît le mieux. C'est un homme de confiance.

Reine Mère Éléanor

Mère de Christopher. Elle est originaire de l'Ancien Xehana et est une parente éloignée d'Adam.

Lucas

Fils du roi de Tance, il séjourne actuellement en Lorraine pour raison médicale. Malgré leur différence d'âge, Louis tient à lui et le considère comme son petit frère.

Chris-topher

Le jeune roi de Lorraine, ses proches le surnomment « Chris ».

Cardinal Brandon Rotch

En cours de transfert depuis la branche principale de l'Église de la Déesse située au Xehana, il participe à la vie politique de la Lorraine en tant que membre du conseil privé du roi.

Louis
(Prince Fredell)

Héritier du trône de Tance, il voyage dans les différents royaumes voisins. Il est actuellement en observation en Lorraine. Étant un membre de la famille royale, le prince Fredell possède bien entendu une personnalité quelque peu particulière...

Gilles

Ancien esclave, il travaille pour le prince Fredell et n'est loyal qu'envers lui. Après quelques verres, leur relation ambiguë a tendance à déraper...

L'Univers de Barbarities

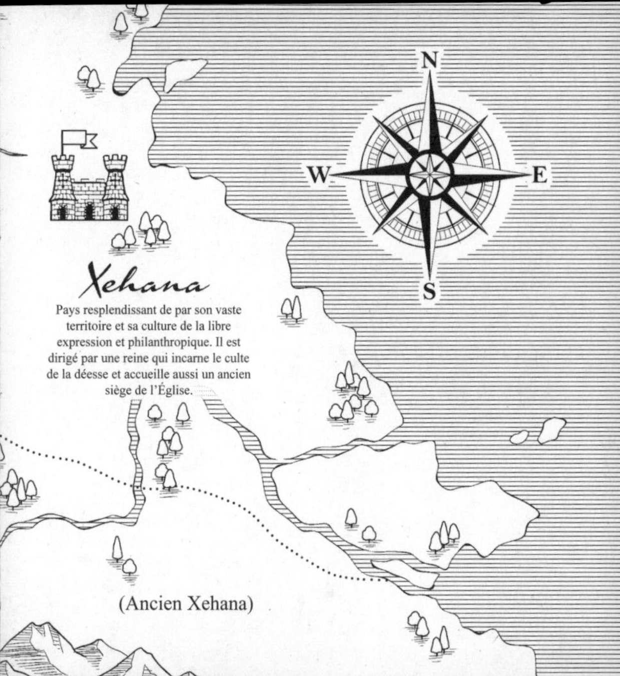

Résumé du vol.1

En Lorraine, petit royaume reculé dans les montagnes, vit le seigneur Montagu, juge et ministre de la Justice au service de la couronne. Après avoir une lettre de menaces, celui-ci se voit assigner un garde du corps : le vicomte Adam Canning venu du royaume voisin, le Xehana. Contrairement à ce que peut laisser penser son allure de gentleman, le vicomte est un véritable « philanthrope », amoureux de la beauté des femmes et des hommes ! Il tombe néanmoins amoureux de Joël, le neveu du seigneur Montagu, ce qui le change du tout au tout. Cependant, le bel Adam était loin de se douter que Joël et le seigneur Montagu n'étaient qu'une seule et même personne... Dans un contexte politique et religieux incertain où les ambitions de chacun s'affrontent, le rideau s'ouvre sur une histoire d'amour entre deux hommes que tout oppose.

Personnages principaux

Joël Letreux

Montagu Joël Letreux. Connu de tous comme étant le neveu du seigneur Montagu, haut placé au sein du tribunal de Lorraine, il est en réalité le seigneur Montagu lui-même sans son déguisement. Il a reçu son titre de feu le précédent roi de Lorraine. Joël est un homme intègre qui agit toujours pour le bien du peuple. Il est également le conseiller et le précepteur du jeune roi actuel. Bien qu'il soit athée, il respecte la religion en accord avec la loi. Par contre, la séduction et les affaires de cœur l'indiffèrent complètement.

Vicomte Adam Canning

De son vrai nom, Adam Éric Canning. Il est originaire du Xehana et est le fils illégitime d'un noble. La mère d'Adam s'est remariée lorsqu'il était encore jeune et il fut envoyé en Ancien Xehana où il a été accueilli par un parent éloigné, le Baron Auber, en tant que son fils adoptif. Avant son départ, sa mère lui octroya le titre de vicomte. Il séjourne actuellement au royaume de Lorraine afin d'assurer la protection du ministre de la Justice, le seigneur Montagu. La reine de Lorraine et sa mère sont des parents éloignés.

BARBARITIES

II

Tsuta Suzuki